Odette de Barros Mott

ENTRE LINHAS
COTIDIANO

O 9º ano C

Ilustrações: Cássio Lima

Atual Editora

Série Entre Linhas

Editor • Henrique Félix
Assistente editorial • Jacqueline F. de Barros
Preparação de texto • Lúcia Leal Ferreira
Revisão de texto • Pedro Cunha Júnior e Lilian Semenichin (coords.)/
Célia Regina do N. Camargo/Renato A. Colombo

Gerente de arte • Nair de Medeiros Barbosa
Diagramação • Setup Bureau Editoração Eletrônica S/C Ltda.
Projeto gráfico de capa e miolo • Homem de Melo & Troia Design
Suplemento de leitura e Projeto de trabalho interdisciplinar • Leandro dos Santos Rodrigues

Dados Internacionais de Catalogação na Publicação (CIP)
(Câmara Brasileira do Livro, SP, Brasil)

Mott, Odette de Barros
O 9º ano C / Odette de Barros Mott; ilustrações Cássio Lima. – São Paulo : Atual, 2004. – (Entre Linhas: Cotidiano)

Inclui roteiro de leitura.
ISBN 978-85-357-1336-7

1. Literatura infantojuvenil I. Lima, Cássio. II. Título. III. Série.

04-0224 CDD-028.5

Índices para catálogo sistemático:
1. Literatura infantojuvenil 028.5
2. Literatura juvenil 028.5

SARAIVA Educação S.A.
Avenida das Nações Unidas, 7221 – Pinheiros
05425-902 – São Paulo – SP
Tel.: 4003-3061
www.coletivoleitor.com.br
atendimento@aticascipione.com.br

29ª edição / 4ª tiragem
2019

Impressão e Acabamento: Renovagraf

1

– Oi, turma!
– Você está queimadinha.
– Parece cocada baiana.
– Conta logo, você gostou da Bahia?
– Se gostei, gamei à primeira vista.
– Eu não disse, Gaby, que ela ia gostar muito?
– Pois acertou, Márcia, adorei.
– Tami, você foi ao Mercado Modelo?
– Circulei por lá tudo, meu pai arranjou guia.
– Linda a minha terra, não tem quem não goste dela.
– E você, Marcelo? Também tá queimado, parece mulato!
– É moda, não é? O Guarujá estava o fino! Nunca foi tão bom.

Começo de aulas. Os colegas do 8º ano se encontram, depois das férias. Divertiram-se muito, férias são para descanso de quem se matou tanto nos estudos até ter média para passar de ano! A cuca quase fundindo.

– Olá, Danilo! Você bancou o bobo, hein? Ficar naquela recuperação... Eu não, quando vejo que estou na beira do precipício, dou uma de estudiosa.

– É, marquei ponto, noutra não caio.

– Pior o Júlio, que ficou em duas matérias no último bimestre... Também ele abusou, faltou, não estudou!

– Coitado, a gente tá tão acostumada com a turma! Viemos juntos do ensino fundamental I, seria uma pena se Júlio tivesse ficado.

– Quem ia sentir era eu. Imagine só, estivemos juntos no Jardim de uma escolinha lá perto de casa. Depois fizemos o fundamental I, cansei de falar que ele podia se estrepar, cansei!

– Vocês sabiam que neste ano a gente vai ter aula com o Zerô?

– Não brinca!

– Sério, mas o Luís, meu primo do colegial, falou que o Zerô é justo, com ele ninguém brinca não, ele ensina, se interessa, o aluno com ele é gente, não é número não.

– Bacana!

– Assim dá gosto. Mas tem cada professor, nem te conto.

– É, tem cada aluno também, não?

– Este ano vou deixar de ser palhaço, não dá certo, não. A turma se diverte, mas na hora quem geme sou eu.

– É, Danilo, já é tempo. Viver sempre na brincadeira não dá pé. Também vou dar um jeito de mudar.

– Vocês têm assistido televisão?

– Que novela?

– Essas que andam por aí, vocês não acham que estão fazendo a gente de trouxa?

– Por quê?

– Por quê? Você ainda pergunta? Sabe, num só capítulo da *Meu doce de coco* resolveram cinco problemas, até uma que não existia apareceu não sei de onde, somente para um outro não ficar sem par. Pô, assim também não dá pé, isso é demais.

– Gosto de futebol. Não tenho paciência pra novelas.

– E os filmes de bangue-bangue? Quantos índios morrem de uma só vez? Já estão abusando um pouco, vocês não acham?

– Eu não tou nessa, acho a televisão o maior invento do mundo, morro por uma novela, sei o nome de todos os atores, dos diretores, dos...

– Oi gente, como foram de férias?

– Quem vai mal de férias, quem?

– Vocês leram os livros recomendados pela Expressinho? Ela recomendou como leitura de férias.

– Quais? Ela vai dar nota?

– Sim, quem leu já começa com o horóscopo positivo.

– Que livro?

– Pô, você logo no primeiro dia nem sabe quais livros foram recomendados?

– Ué, que eu saiba, no primeiro dia de aula a gente vem tomar contato com os professores, com os colegas, ver as caras novas, selecionar.

– Cara nova? Dá só uma olhadinha lá no bar. A Cecília está uma gata.

– Prêmio de beleza?

– Se... Deixa longe qualquer uma.

– Se é assim, vamos tomar uma Coca?

– Você paga?

– Logo no primeiro dia?

– Tou liso, gastei muito nas férias. Já devo duas mesadas pra velha.

– Quem?

– Minha mãe, e ela não perdoa; deve, paga. Disse que é pra educar.

– A minha também. Então é sistema das coroas, né?

– Deve ser.

– Vocês aí, como foram de férias?

– Cada um faz o que pode... Eu fui bem. E você, Márcia, por onde andou?

– Em Jundiaí, na casa de minha avó.

– Jundiaí? Isso ainda existe?

– Virou estação de águas?

– Tem praia?

– Não, é uma cidade do interior, lá parece que a vida é mais fácil.

– É, pros coroas... Pra mim, movimento: praia, Rio, Guarujá!

– Isso quando meu pai ganhar na loteria, porque em casa somos muitos, ele é bancário e se eu quero sair vou pra casa da minha avó. Pra falar a verdade, até que gosto, minhas primas moram lá.

– Sabe, Miua, aquele nosso colega do 6º ano, o Cris?

– Sei. Que tem ele?

– Ele voltou. Fez o 8º ano num colégio de Sorocaba, o pai é diretor da escola, e... olhe ele lá.

– Um gato, pô! As meninas vão dar em cima dele...

– E o Jopa?

– É o mais bacana.

– Pra mim ainda é o Júlio.

– O Jopa é um gato por dentro e por fora...

– O Júlio também, só que o plá é outro: esportes. Nem todos dão pra gênio, não é?

– É.

– A gente fala mal da escola, dos professores, mas a gente fala por falar. Que é gostoso estar aqui, é. Sinto falta da nossa turminha nas férias.

– Eu também.

– Como as meninas estão uma uva! Você viu a Márcia?

– E a Gaby? Cresceu.

– Só a Miua que não emagrece... Pena, porque é bonitinha. Tem os olhos lindos!

– Ela come muito...

E, na turminha das meninas, já organizada dos anos anteriores, falavam dos meninos.

– Você viu o Danilo?

– Cresceu, não?

– E o Pedro?

– Esse não cresce muito, é baixo mesmo, ele precisa tomar vitaminas.

– Vitamina faz crescer? Qual delas é a infame?

Deram risada. Tami era alta para sua idade.

– Meninas, nem conto pra vocês... Nas férias encontrei um gato, mais que o Jopa.

O João Paulo – Jopa – é a admiração suma da Gabriela.

– Mesmo? Não acredito.

– Posso jurar. Moreno, queimado, cabelos crespos, olhos verdes.

– Onde está esse “míster mundo”?

– Em Itanhaém, na praia. É salva-vidas.

– Logo vi, você sempre gostou do tipo moreno.

– Veja só, olhe quem está esperando nenê.

– Quem?

– A Expressinho.

– É mesmo...

– Ela está engraçadinha com essa bata.

– “La belle mamã”!

– Vocês viram o Cardosinho?

– Quem?

– O professor de Português. Ela fala assim porque a Márcia vive gamada por ele.

– Ele sabe?

– Deus me livre e guarde!

– Pô, então você pensa que ele é bobo, não lê nos seus olhares?

– Juro, ele não sabe nada, nessa hora ele é analfabeto, me dá sempre 3, 4, briga comigo, diz que não estudo.

– Também, na aula dele você fica escrevendo versos, recadinhos.

– E ele?

– Ora, nem sabia que era pra ele. Eu escrevia – meu pão, para meu único – e ele pensava que era para um colega. Um dia me chamou, deu a bronca, disse que o verso era de pé, perna, sei lá o quê, quebrado.

Berrémmm...

– Essa peste de campainha não enguiçou ainda?

– Não quebra nem enguiça, é eterna, só se jogarmos bomba nela.

– Escutem aqui, por que vocês vêm na escola se não querem estudar? Mal a campainha dá o sinal já reclamam da pobre.

– Que você tem com isso, Tami? É advogada dos pais, dos professores?

– Nada, né? É só pra me informar, ter a certeza de que ouvi bem a respeito da bomba.

– Ouviu sim, e eu ajudo.

– Bem, enquanto isso não acontece, a tal não explode e é eterna, o negócio é entrar.

– Que fazer? Vou me benzer, pôr o pé direito e fazer figa.

– Tudo isso?

– Sempre é bom a gente ser prevenida.

– Silêncio! Não ouviram o sinal?

– Ouvi sim, dona Nívea, a senhora tá fortinha, não?

A turma explode na risada! Com a Expressinho sempre é permitida uma brincadeira, ela não se zanga, é camarada. Exige atenção, responsabilidade nos estudos, só.

– Pois é, a cegonha baixou lá em casa.

– Até que a senhora fica bem assim.

– Muito obrigada pelo elogio. Vamos ver como vai ser o comportamento este ano.

– A situação exige respeito, a senhora não acha?

– Acho sim. O médico aconselhou um certo repouso, pouca amolação... Enfim, espero cooperação.

– Poxa... Mas a senhora não vai abusar da situação, né?

Assim, começa o novo ano da turma que vai cursar o 9º "C".

2

– Qualquer dia sento na máquina, pego a mochila, ponho nas costas e sigo nova estrada.

– Que lance é esse? Pra onde você vai? Qual é o seu caminho?

– Qualquer um. Talvez acompanhe o sol.

– Bonito mas não funciona. Na primeira esquina o juizado te pega e põe em cana.

– Qual, cara, isso não existe mais.

– Existe sim. O Artur, aquele cara barbudo do 1º ano do Ensino Médio, tem 17 anos e parece ter 25, ficou três dias nas grades, o pai procurando ele por todo este mundo redondo.

– Sério?

– Sim, estava incomunicável. Até que foi reconhecido pelo juiz que é amigo do velho dele.

– Então, onde há liberdade? Nem isso a gente tem?

– É, menor, não.

– Poxa, tou com vontade de me largar, tou cheio de tudo.

– Por quê?! Sua cuca fundiu tanto assim?

– Sabe, a gente quer ser gente, viver a própria experiência... Mas qual, é robô, dá três passinhos pra lá, três pra cá.

– O que aconteceu, cara? Conta logo. Você tem peito amigo aqui, nesta estrutura.

– A história de sempre: preciso estudar, preciso trocar de roupa, cortar os cabelos, as unhas, lavar as mãos, ter modos na mesa e, ainda por cima, participar! Nunca posso ser eu mesmo, nunca! Não me meto com ninguém, não dou palpites. Meu pai ainda prende gravatas com um brilhante. Você sabe o que é isso? Eu não implico, evito até olhar. E ele se mete sempre onde não é chamado, vem toda hora falar que vivo sujo, que preciso me cuidar, que pareço um bicho.

Os dois se olham. De repente, João Paulo desanda a rir...

– É, seu velho tem razão... Você está parecendo mesmo um macaco peludo, com este cabelo.

– Que é isso?! Quem fala! E o seu?

– Não, não é tão grande e nem tão despenteado! O meu, modéstia à parte, tem até um corte bem bacana, veja! Por que você não tenta acertar os tijolinhos um em cima do outro? Corta o cabelo, toma banho. Banho não faz mal a ninguém, até refresca!

– É... vou pensar nesse caso ou na mochila, que me parece ser mais legal. Ir por aí, sem lenço nem documento, como o Caetano Veloso.

– Falar, cantar até que é bacana. Mas, na realidade, no pão com média é que não sei se dá certo, não.

A conversa é animada enquanto vão para casa, depois das aulas. Júlio na deprê, pois na noite anterior, durante o jantar, o costumeiro bafafá fora maior. O pai parecia querer desforrar seu nervosismo, devia ter perdido uma causa no escritório. E o velho não sabe perder, principalmente na sua profissão. *Dr. Leone Motta, advogado.* A placa brilha na porta com o nome.

O desacordo começou cedo. Júlio entrou na sala para o jantar como deixara a garagem, onde estivera a maior parte da tarde, lidando com a moto, sujo e despenteado, todo cheio de graxa. Se ia mesmo voltar pra lá, pra que se lavar, trocar de roupa? Isso pertence ao século passado. Agora, quem liga pra todas essas bobagens? O pai, que devia estar azedo, veio logo com a bronca:

– Júlio, faça o favor de se apresentar melhor à mesa, pelo menos mais limpo e penteado.

Júlio sentou no seu lugar e nem te ligo! Estava com fome de lobo, e depois pretendia acabar de consertar a moto. Se não a consertasse, o mecânico cobraria uma nota, que ele naturalmente teria que pagar com a própria mesada.

– Falei com você. É surdo? Ou não quer ouvir?

– Não sou surdo, não. Simplesmente não vejo necessidade de me impressionar.

– Impressionar? Como?! Então seu pai faz uma advertência e você vem com essa... Não quer se impressionar...

O garoto acaba de comer a salada e entra na carne. Eta cozinheira boa essa, faz uma carne assada que só comendo três pra sentir o gosto total.

A mãe se agita na cadeira, as irmãs menores, entre assustadas e divertidas, assistem à cena como quem assiste à televisão. Esperam o desfecho. Quem vencerá? Ele nem dá bola... Para que se amargurar com reclamações e implicâncias de coroas? Pra quê?

– Júlio, ou você se lava ou não janta!

Ele come o último pedaço de carne, agarra mais uma fatia, faz um sanduíche, demoradamente, e deixa a sala.

O jantar prossegue, a mãe procurando ajeitar a situação como se nada tivesse acontecido; o pai, nervoso, irritado, comendo sem prazer, e as meninas inquietas.

Depois do jantar, já sem a empregada na sala, o pai explode. Não é possível continuar assim, sem o mínimo de disciplina, de obediência, de respeito ao ambiente. O mínimo, comer limpo, andar mais arrumado, aqueles cabeludos, os companheiros, é preciso dar um jeito, que a mãe seja mais enérgica, ele que não apareça assim e, se ousar, não entrará na sala, ficará lá pela copa.

– Mas, Leone, você precisa compreender... A gente tem que ter paciência, ele está numa idade crítica.

– Eu sei, compreendo muito bem. Mas sei também que atrás dessa compreensão excessiva, que já chega a ser tolerância, ele vai abusando. Sabe que você não reage e me obriga a calar. Não creio que uma repreensão, certo controle faça mal aos jovens. Eles ainda não estão no uso completo de suas emoções, ainda não se definiram pelo caminho a seguir. É importante que encontrem um orientador, um guia, que sintam perto de si um apoio. Isso é bom para eles, saberem que não estão sós.

– Você tem toda razão. O que não concordo é tratar esse assunto com nervosismo e gritos, explosões de gênio. Então ele reage com malcriações, com indelicadezas, e acaba tomando atitudes das quais depois vai se arrepender, somente para provocar você.

– Eu sei. Você pensa que eu não sei de tudo isso? Que não vejo? Hoje tive um dia difícil no escritório. Chego em casa em busca de paz, sossego, e encontro esse sujeitinho assim.

– Sujeitinho? Ele é nosso filho e está precisando de compreensão, de amor, de diálogo.

– Diálogo? Se mal abro a boca ele vem com pedradas, duas, três.

– Creio que aí está o erro. Logo no início, antes de começar o bate-boca, procure compreendê-lo, conhecer seu ponto de vista.

– Mas, como? Venho cansado, amolado, e ainda tenho que procurar compreender esse menino que se porta como um moleque? Você precisa ver o respeito com que me trata o *boy* do escritório.

– Já vi, é atencioso mesmo. Mas também notei como você o trata. Não grita com ele, grita?

– Não é preciso. Faz tudo como eu quero.

– Certo. Não é preciso porque, já disse, há diálogo. Você não dá ordens secas, pede as coisas por favor, explica bem o que quer e não o critica logo de início. Experimente mudar sua tática com o Júlio. Converse com ele, defenda seu ponto de vista, analisando, discutindo calmamente. Ouça o que ele tem a falar, procure se lembrar de sua adolescência. Muitas vezes precisamos nos colocar lado a lado com os jovens, isso é importante, e saber ouvir!

– Qual! Você ainda pensa assim? Dialogar? Fale com ele e ele logo dirá que você é quadrada.

– Pode ser, e então é minha vez de fazê-lo compreender que não sou.

– E de que jeito? Até agora não consegui isso, por mais que me esforçasse. Vejo no rosto dele, nos gestos, no olhar a crítica, mal abro a boca: coroa, quadrado.

– Você quer mesmo saber? Eu procuro não me exaltar, pondo-me de lado para ter uma visão do problema. Nunca me ponho do lado oposto. Há uma solução para o problema e uno-me a ele para encontrá-la. Isso é muito importante para o jovem, se quisermos honestamente orientá-lo. Precisamos ver a paisagem do mesmo ângulo, só assim poderemos acenar mostrando o caminho a seguir.

Dr. Leone silencia meio sério, por detrás das folhas do jornal. São grandes e boas para encobrir seu rosto, e assim ele pode pensar bem na questão sem que outros notem suas lutas. Com quarenta anos, cheio de preocupações com o escritório de advocacia, a responsabilidade pelo sustento e orientação da família, é difícil para ele parar, pensar e talvez ter que mudar. Em lugar de ler, pensa. Lembra-se de sua adolescência, do pai, da educação que recebeu.

As imagens passam em sua mente como um filme na tela, uma após outra. O pai dialogava? Não, nunca. Somente ditava ordens – assim ou daquele jeito. Ele e seus cinco irmãos, todos o seguiam. Pareciam burrinhos puxando a caçamba – iam e vinham.

Dr. Leone perde-se nas suas lembranças, procura lembrar-se de suas reações. De repente, se dá conta de que ele também não gostava da situação. Obedecer sempre, sem se manifestar, sem poder dizer o que sentia e pensava...

“Bem, mas eu não sou assim com o Júlio, ele tem liberdade de falar o que pensa... Só não admito é falta de educação. Ele não quer leis, mas ninguém pode viver sem elas... Mas, quem sabe se Magali está certa, com a razão? Talvez eu, como meu velho, não saiba dialogar. Eu me ponho do lado oposto – ele é filho e eu sou pai. Preciso me libertar da ideia de pai como aprendi com o meu. Para que tanta severidade? Talvez o diálogo desse mesmo certo, abrisse veredas, mostrasse o caminho."

Dona Magali lê e espera; é necessário que a semente brote na terra, é preciso ter paciência e saber esperar. É o que faz porque entende bem a situação. Também já passou por ela. Somente assim pôde superar mais facilmente a crise. Olha o marido com ternura, imagina que ele deve estar sofrendo. É difícil mesmo compreender a juventude atual com seus anseios, suas ideias e seu modo de ser, tão diferente da juventude do tempo dele.

Os jovens, por qualquer coisa, chamam os pais e os mais velhos de quadrados, de incompreensivos. Basta para isso existir uma pequena diferença no modo de pensar. Mas nem sempre somos os quadrados, temos razão muitas vezes, o mal está na falta de diálogo. Vamos com nossa autoridade e eles se negam a receber ordens.

Júlio, na garagem, termina de consertar sua moto sem muita alegria. Algo o perturba. Por que seu pai procura horas tão impróprias para falar e o trata como criança?

– Foi assim como te conto, Jopa. Fiquei deprê, nem tive mais prazer em trabalhar na máquina. O velho tirou toda minha alegria, tá?

– Pois, cara, eu compreendo de verdade, participo de sua deprê, mas você, palavra mesmo, poderia se esforçar um pouco pra afinar com o velho. Ele deve ter também suas razões. Sei lá, nem tudo o que eles falam é papo-furado. Devem, de quando em vez, defender uma ideia legal, poxa!

– Cara, você tá parecendo minha mãe com essa conversa! Mas, pra falar a verdade, depois, lá na garagem, fiquei pensando, até demais, deu pra esquentar os miolos, sabe?, que talvez ele tenha razão um pouco, sabe? Eu estava mesmo sujo, um pouco demais. E como eu não gosto de ver menina mascar chicle com boca aberta, nhem, nhem, ele também pode não gostar de me ver sujo na mesa. Mas, às vezes, fico com raiva, o nervosismo me cega. Já não sou criança e ele não entende isso.

– É, é um plá danado: a gente de um lado, eles do outro. A minha avó costuma dizer "Eta mundo velho de guerra!", quando a coisa não vai bem ou ela não entende.

– Poxa! Mundo velho mesmo! É por isso que ele é redondo, nem quadrado é, ficou assim de tanto rolar.

– E agora, como está a sua novela?

– Acabei de consertar a moto sem gosto, você sabe como é... A gente depois de um bate-boca com o velho sempre se sente mal. Fui direto pro quarto, me joguei na cama e acordei hoje às sete com a campainha do despertador. Dormi com a roupa cheia de graxa, sapatos e tudo o mais.

– E agora?

– Sei lá, vamos ver o que vai dar, tou assim mareado como se tivesse bebido muito uísque, fumado erva, sei lá. Não me sinto bem, sabe?

– Que deprê é essa, cara? Sai dessa.

– De que jeito?

– Ora, só conheço um remédio bom pra essa deprê.

– Qual? Vai, me dá um pouco. É bolinha? É calmante?

– Nada disso, seu. Tenho cara de traficante?

– Não. É que seu pai tem farmácia, então pensei que você tivesse algum calmante.

– Não. Calmante é controlado, não entendo de remédios de farmácia. O que tenho é diferente, você precisa usar ele sempre nessas ocasiões difíceis.

– É tão bom assim? Como chama? Peço pra minha mãe comprar.

– Ele cura grande parte da nossa deprê, me fez sentir muito bem.

– Vamos, Jopa, me dá logo o nome do tal troço, vou marcar no caderno, hoje mesmo vou comprar. Já tou cheio disso tudo, de ver tudo escuro.

– Bem, marque isto na cabeça, bem firme: o nome do tal remédio é bate-papo.

– Quê? Esse é o nome do remédio? Bate-papo? Nunca ouvir falar nele. É novo?

– Não, não é. É bem antigo até, mas dá resultado. Quando vai sair qualquer bafafá com meu pai, minhas irmãs, a gente dialoga, a gente conversa, usa o tal bate-papo.

– Ah! É esse o remédio? Desiludi. Pensei que fosse uma injeção cara, comprimidos, até bolinhas dessas que põem fogo na gente. Tava pronto pra tudo. Que pena!

– Poxa, Júlio, você fala muito em bolinha. Que é isso, cara, larga pra lá esse assunto. Lava sua cabeça dessa ideia, é perigosa até da gente brincar com ela. Conheço um cara, meu amigo, não dá conta de mais nada. Era estudioso, amigo legal, legal mesmo, daqueles que todos gostam e, de repente, se meteu nessa embarcação, tóxico, e se desviou do mundo. Tomou outros rumos, ficou sem bússola, se perdeu. Me dá pena ver ele assim.

– Mas esse seu remédio é besta, desculpe!

– Besta, por quê? Você já pensou nele? No diálogo? Ele funciona, sabe, dá certo. A gente fala, o outro explica, ninguém precisa brigar, não se chateia. É bacana mesmo!

– Bacana? Como você aguenta ouvir os pontos quadrados dos velhos?

– Qual nada, amizade! Explicando sai cada plá gostoso, a gente pode até varar a noite assim. Outro dia, eu, o Lucas, meu primo e meu pai entramos numa onda, você quer saber? Chegamos a desligar a televisão, perdemos um encontro e fomos até às duas da manhã, conversando.

– O que vocês falavam?

– Sabe, nossos pontos de vista. Meu pai disse que ia contar a juventude dele – e a gente fazia comparação com a nossa –, aquilo que ele pensava, como agia, como era o relacionamento com os velhos dele.

– E daí? Tudo muito quadrado, não?

– É o que você pensa, Júlio. Mas foi bacana. A gente fez o jogo da verdade, sabe? Ninguém mentiu e não enganou ninguém. Foi bacana mesmo.

– Poxa, só de pensar eu sinto enjoo. Ouvir o velho contar seu passado. Mas o que o seu contou, hein? Garanto que ele era tonto, nunca fez nada de errado, obedecia pai e mãe. Coroa na cabeça cheia de estrelinhas, não é?

– É o que você pensa. Pois, olhe, foi legal, ele contou tudo, seus problemas com o pai, como ele fugia de noite pra se encontrar com os amigos da turma. Mas o avô era durão, sabe? Mandava mesmo, e o velho já estava na faculdade, no segundo ano de Farmácia.

– Poxa! E ele precisava fugir?

– Pois é, os tempos eram outros. Até eu acho, depois desse bate-papo, que meu pai é bacana, legal, ele conseguiu superar a educação que recebeu do meu avô. Se ele fosse quadrado como eu pensava, ele não deixava a chave comigo pra eu entrar mais tarde no sábado. E até aquela noite ele dividiu comigo uma dose de uísque escocês, sabe?, do bom! Ele serviu.

– Poxa, bacana não?

– É bacana mesmo. O Lucas gostou muito. Ele tinha uns problemas, sabe, mas desses que fundem a cuca. Estudos, brigas com o professor de Ciências, mesada, tudo isso a gente falou, disse o que pensava. Foi bacana. Eu também estava na hora de explodir a bomba. Pois o diálogo afastou os ponteiros e começamos tudo de novo.

– Não vou nessa, não. Meu velho é advogado, vem com sua sabedoria por cima de mim e eu saio perdendo. Além de tudo, se ele conhecer meus podres todos, poxa!

– Deixa pra lá. Experimente o negócio, vale a pena. Quando ele vier com gritos, você entra com seu joguinho. Converse, não responda batendo porta ou gritando, responda, mas com voz baixa, ele escuta. A primeira resposta tem que ser boa, sabe? Como dizer? Educada, pra ele se acalmar...

– O velho vai levar até um susto.

– Vai sim, e você também. A gente está acostumado com a tempestade, o trovão, e a onda sobe mansa! É diferente, amigo.

– Mas dá certo? Você garante? Vou tentar, eu já estava é pensando numa erva.

– Escuta aqui, Júlio, você fala tanto em erva... Anda metido nisso? Cuidado, cara, ela é pior que todas as encrencas juntas. Não é remédio, não, é vício, isso sim. É a maior deprê que a gente pode cair.

– Deixa pra lá, Jopa. É conversa pra desabafar. Você fica preocupado à toa, deixa pra lá.

– Júlio, experimenta meu remédio uma vez só, antes de fazer outro programa, tá? Você vai gostar da transa. Tchau.

– Tchau, Jopa!

3

– Mamãe, hoje vamos estudar na casa da Miua.

– Tami, vê se não ficam ouvindo rádio e conversando.

– Deixa pra lá, mãe. A gente vai estudar sim, no duro. Depois... música só atrapalha gente mais velha.

– Não sei não, sempre desvia a atenção. É difícil a concentração em duas coisas ao mesmo tempo, até para as cabeças frescas como as de vocês – a mãe fala, rindo.

– Minhas amigas só sabem estudar com música.

– E no tom mais alto, não é? Continuo a duvidar. Será positivo o resultado? Como também não estou de acordo com o método de aplicação que vocês adotam. Estudar em cima das provas. Acumulam muito as matérias.

– Mamãe, que conversa mais fora de horário... Desliga, né? Cada um resolve seus problemas como pode e como quer, você não acha?

– Certo em parte. Ninguém está negando que o problema de cada um deve ser resolvido pelo seu dono. Mas, minha filha, há regras que devem ser seguidas para que o resultado final dê certo. A matemática deve ser estudada desde um mais um igual a dois, não é? Assim, na vida, precisamos partir da solução do simples para o complexo.

– Não entendo.

– Estou dizendo que é preciso conhecer princípios básicos para atingirmos os mais altos. Não podemos pular nada, forçar a solução, sem conhecermos, sem seguirmos essa regrinha fácil: um mais um igual a dois.

– Ainda não entendi bem.

Tami se veste enquanto a mãe, sentada na beira da cama, conversa. As horas passam rápidas, os ponteiros trabalham sem parar e ela gosta de aproveitar os momentos de estarem juntas para um bate-papo.

– Vou explicar melhor. Estou tentando fazer você compreender que o problema dos estudos é seu em grande parte, mas que nós, pais, participamos dele.

– É, vocês estudam pra gente?

– Naturalmente que não. Quando estudamos é para nós. Mas, algumas vezes, os resultados desses nossos estudos são aplicados em vocês.

– Será, mãe?

– Vocês estudam, não é? Fundem a cuca como dizem, estou certa? Mas quem proporciona materialmente esses estudos? Em grande parte, os pais. Quem procura que os filhos se alimentem bem, tenham saúde? Se têm competência, capacidade, ensinam, acompanham os estudos, isso não é participar da solução dos mesmos?

Tami pensa, não quer perder, mas também não gosta de ser desonesta. A mãe tem razão. Aliás, já reconheceu lealmente que quase sempre ela acerta. Isso é bom, porque ela não fala muito, não vive implicando e, quando diz alguma coisa, é porque está certa e foi preciso.

– Mãe, concordo.

– Tami, isso é bom. Sabe por quê? Se os problemas fossem somente de vocês, filhos, quando mal começam a crescer, a tomar conhecimento deles, vocês se afastariam dos pais. Deixaria de existir relacionamento familiar. Creio mesmo que a família acabaria num caos. Para que os pais? Somente para ter os filhos, sustentá-los e fornecer bens materiais? Que você me diz? Esse relacionamento de cuidados físicos e morais é que une os pais aos filhos, isso é o amor.

Tami ouvindo. Acabara de se trocar e sentara numa banqueta. Ainda era cedo e é bom ouvir a mãe explicar assim, tudo fica entendido melhor, mais claro.

– Querida, não são somente vocês, os filhos, que ganham, que recebem. É isso que vocês precisam saber. Nós, os pais, também nos enriquecemos com as experiências dos filhos e com nossa participação. É uma troca, uma troca sensacional.

– Poxa, verdade? Que você aprendeu comigo? Esse papo tá me interessando.

– Quando eu me casei, o que eu sabia de educação? Nada, absolutamente nada.

– Mas e o que você aprendeu com a vovó? Ela não ensinou nada pra você?

– Minha mãe ensinou-me a ser honesta comigo e com o próximo, com a vida, enfim. No passado, Tami, a educação do filho era uma decorrência natural do fato de a mulher ser mãe. Intuição materna sobre os problemas. Agora, não. A mulher lê, estuda. Há livros, revistas... Na televisão se trata muito dos problemas da educação, da psicologia da criança, do adolescente. Antes, apelavam muito para a sensibilidade, para o amor que nos unia e não para a razão, como deve ser. Então, papo-furado, como vocês dizem, se não atingisse o coração entrava por um ouvido e saía por outro. Obedecíamos por respeito, porque assim estávamos acostumados, mas não por convicção. Como os tempos eram outros, com a visão limitada, desconhecendo em grande parte o que se passava pelo mundo por falta de todos esses meios de comunicações, era para nós mais fácil obedecer. A autoridade dos pais tinha um valor muito grande, ninguém discutia seus direitos.

– É, mãe, mas você acabou de falar que os conselhos entravam por um ouvido e saíam por outro...

– Já disse, fomos criados na ideia de que os pais deviam ser obedecidos, concordássemos ou não. Porém agora é diferente. A mocidade atual procura seu caminho, tenta se libertar de nossa influência, raciocina, dialoga quando pode.

– Nisso estou de acordo: quando pode. E nem sempre a gente pode, pois logo vocês dizem que nossa geração não respeita os mais velhos.

– Esse mal vem de nós, em parte. Minha geração ainda está muito presa à anterior, somos assim como o meio do caminho, você entende? É muito difícil mesmo para vocês e para nós. Não é quadradice, não, como vocês julgam. É que também, nós, pais, precisamos aprender a dialogar, a dialogar francamente e conhecer novos caminhos.

– E nós?

– Vocês, de um lado, a não serem tão orgulhosos. A não exagerarem na defesa de seus problemas: ele é meu, eu o resolvo só. O fato de ser seu não exclui nossa participação – veja bem, digo participação e não intromissão – e nem queremos que a solução seja nossa. Cooperação, quando vocês nos convidam para ajudá-los numa lição difícil. Participação, Tami, de quem já passou pela soma dois mais dois é igual a quatro e está na divisão! Nossa vivência deve ter valor – o que você acha? –, como o semáforo indicando o caminho. Luz verde, quando acertamos, luz vermelha, não siga essa rota que já fiz e sei que é difícil.

– Mamãe, eu estou pensando, isso tá parecendo comida de passarinho novo. A mãe carrega a minhoca, amassa, põe no biquinho do filho. Tudo muito preparado.

– Qual, Tami, se eu disser para você "esta estrada é certa, aquela é difícil, talvez não leve a resultados bons", isso não quer dizer que eu esteja percorrendo o caminho por você. Você é que vai caminhar por ele, seja qual for!

– E, mãe, se for bom pra você e não for bom pra mim?

– Boa, Tami, boa. Nós, adultos, que já vivemos muito, caímos muitas vezes nesse erro. Porque o caminho foi bom para mim, tem que ser bom para meus filhos. Assim, eu creio, nunca haveria esforço, erros, falhas. Seria mesmo a comidinha do passarinho. Olha, devemos proceder como o motorista com a estrada; ela traz os sinais de advertência, não é?, e o carro fica por conta do motorista.

– Vou pensar mãe, depois eu digo se concordo.

– Filha, o papo está bom, mas o dever me chama, oh! tragédia! – a mãe ri alegremente. – Tchau, filhinha, bons estudos e... boa música!

– Um beijo, mãe bacana.

Mais tarde, Tami sai, vai à casa de Miua, onde será a reunião da turma. Já é hábito se reunirem para estudar, pôr em dia os trabalhos.

Faz frio, chove. Ainda bem que o céu coopera, é triste a tarde. Porque, se ela estivesse azul, quem as prenderia ali? E a piscina?

Chega na casa da amiga, que é quase vizinha, sobe direto ao quarto.

– Oi, boneca!

– Boa tarde, Miua.

– Boa tarde? O quê? Isso já passou da moda e você acha mesmo que a tarde vai ser boa? Chove, faz frio e o programão pela frente – Matemática e Ciências.

– Não adianta nada reclamar, vamos estudar.

– O que você já sabe?

– Eu, nada. Quando íamos começar a estudar, não é que o Danilo veio bater um papo comigo? Tinha tanto pra falar com ele... Martha ficou pendurada mais de três horas no telefone pra me contar o tremendo bafafá que teve com o pai.

– Ela não vem?

– Vem não, está de castigo.

– Por quê?

– Ora, o pai pegou ela no pulo.

– Quê? Conta logo.

– Imagine, ela estava fumando, e o pai, um coroa extra-reacionário, pense no caso, uma menina de quatorze anos não ter liberdade. Tem que pedir licença pra fumar. Ela estava deprê, mas como entender um pai fóssil? É fogo, mesmo.

Tami pensa na conversa que acabara de ter com a mãe. Quem está com o certo? A mãe ou a colega ali a reclamar liberdade para a companheira de quatorze anos fumar?

– Oi, gente, se a conversa continua, estou mal, não sei nada de Matemática, e se ficar pra segunda época, já viu, perco as minhas férias no Guarujá.

– Pois, querida, vamos cooperar pras suas férias serem super, superbacanas, tá? Por onde a gente começa?

Estendem-se no tapete do quarto da colega, abrem cadernos, livros e ligam o rádio no mais alto som, que já nem toca, berra a música.

– Pô, chato! A Matemática, apesar de ser moderna, é pior que a pior coroa da paróquia.

– Falou pouco, mas disse tudo o que penso. Pra que a gente vai precisar desses problemas na vida? Se gosto mesmo é de natação, música!

– Eu quero estudar, saber muito; li numa revista que a mulher moderna precisa se libertar da escravidão em que sempre viveu.

– E daí, que tem isso com a nossa Matemática?

– Ué, a gente precisa estudar, ser culta, a escravidão de que a revista fala não é só da gente cozinhar, lavar. Minha mãe disse que antigamente, no tempo de minha avó, as mulheres quando estavam juntas só falavam de cri-cri.

– Cri-cri? Grilo?

– Não, cri: criada; cri: criança.

As meninas dão risadas.

– Essa é formidável!

– Sabe, não entendiam de política, de estudos dos filhos, nada! Roupa, comida, criadas e crianças.

– Poxa! Que vida, não?

– Prefiro a nossa. Vamos estudar.

O rádio está saliente. Lá fora a chuva cai.

Formam um sexteto inseparável: Márcia, Tami, Gabriela, Miua, Mariela e Martha, a queridinha Tatá, que está ausente. Castigo! E o mais chato é que tem que estudar e, pior, estudar na tarde de sábado sozinha, sem companhia. Há coisa mais chata?

Entre elas, somente Márcia leva vida diferente. Pertence a família de poucos recursos, o pai é bancário, a mãe professora primária, tem quatro irmãos menores.

Mora num pequeno sobrado em Pinheiros e foi estudar nesse colégio porque tem uma tia que nele leciona Português, professora Nívea, a Expressinho.

Aprendeu desde cedo a conhecer o valor das coisas, as dificuldades que os pais enfrentam para que ela e os irmãos possam estudar. Não desperdiça o tempo, procura aproveitar ao máximo as aulas. Depois, no recreio, relaxa.

Pertence à turma de ricas do colégio. Desde o começo do curso, as seis se tornaram amigas inseparáveis e, como é mais velha que as outras, lidera a turminha. Todas ouvem suas opiniões. Elas têm peso. Mas, fora da escola, não levam o mesmo ritmo de vida.

Às vezes, é verdade, Márcia se lamenta do fato de ser pobre, ou melhor, de não gozar de todas as possibilidades de vida boa como as amigas. Mas reconhece que, apesar de tantas renúncias a passeios e divertimentos, a vida que leva não é ruim. Gosta muito de bater papo com as colegas e do ambiente familiar.

Estudam. A tarde voa rapidamente.

– A gente estuda melhor em grupo – diz Miua, espreguiçando-se no chão.

– Tá certo, o programa de Ciências já foi pra cuca. Se eu tivesse que estudar sozinha, teria dormido.

– Agora, vamos enfrentar o monstro da meia-noite?

– Pô, quem é este?

– A Matemática, né?

– Que é isso? Matemática? Drogamática, isso sim.

– Coopero com você no mesmo setor, detesto Matemática.

– Puxa, se vocês vão ficar reclamando, o tempo voa. O melhor é a gente atacar ela num golpe de mestre de judô – tchibum!

– Independência ou morte!

– Estão estudando a História do Brasil? Pensei que estivessem mal em Matemática.

A risada explode, ultrapassa o som do rádio.

– Não, dona Yoshico, nada de História não, é que a gente estava declarando guerra à Matemática.

– Já que a gente não pode declarar independência...

– No meu tempo também não gostávamos dela, mas isso nasceu da ideia de que a mulher gasta demais e não sabe fazer contas... – a mãe de Miua fala, rindo. – Venham tomar lanche, são cinco horas.

– Boa ideia! Genial!

– Uma pausa ajuda a refrescar a cuca!

– A minha tá fervendo.

Vão à copa, o rádio berra uma música qualquer de um cantor qualquer. Estão tão acostumadas com o barulho que não sabem ouvir música num tom mais baixo. Comem uns sanduíches, bebem chocolate quente, porque o dia está frio, e voltam ao quarto.

– Segunda etapa!

– Atacar!

Recomeçam. Combinaram estudar até às sete horas. Escurece, o frio continua, mas a chuva passou. As luzes já iluminam a cidade limpa, lavada. De repente, Márcia sente a noite.

– Poxa, já é tarde, preciso levantar acampamento.

– São sete horas, ainda dá pra gente estudar mais um pouco.

– Sim, mas lá fora deve estar um frio bárbaro e tenho que atravessar umas ruas escuras pra chegar em casa. Meu pai não gosta que à noite eu ande sozinha por lá. Houve um assalto já faz dois meses, bem na esquina de minha casa.

– Poxa!

– Mamãe leva você, Márcia.

– Ela pode estar ocupada.

– Não, ela só vai sair mais tarde. A gente aproveita mais esta meia hora, tá? Vamos ver este ponto que não entrou bem na minha cabeça.

– Está certo. Então até às sete e meia. Avisei em casa que chegaria lá pelas oito horas.

– Você é tão controlada assim?

– Não, nem um pouco. Fui quando menina, mas agora posso sair sem problemas. Combino minha chegada pra mamãe não ficar preocupada. Minha mãe quando sai também diz onde vai e quando chega. Se eu não estou em casa, deixa um bilhetinho.

– Mas vamos queimar mais um pouco os miolos?

– É, quem sabe se com a cuca fundida o ponto entra. Tá difícil!

– Difícil, boneca? Pra mim, encontrou um cartaz: "Proibida a entrada". E disse tchau! Nem rastros deixou.

– Vamos ver se a gente tira o cartaz da cuca da Tami.

Discutem, escrevem, comparam. A meia hora passa, mas felizmente a questão foi resolvida. Agora é só repassar melhor, cada uma por si mesma.

Depois, o carro dirigido por dona Yoshico leva as quatro em direção à casa de Márcia. Conversam. Poxa! Agora se deram conta dos atrasos... também, por que deixaram tanto assim para trás? Azar.

– Onde vocês vão? Alguém tem algum programa bom? Tou meio sem destino, hoje.

– Sei não, tenho um convite do Marcelo, um bate-papo na casa da Denise – diz Gaby, se virando para trás.

– Poxa, você gosta dele?

– Dá pra quebrar galho numa noite sem outro programa.

– Por que você não vem comigo? Se você topar a gente pode ir ao clube ouvir música. Um cara argentino trouxe discos de tango. Desde *Cumparsita* até *Fumando espero*. Sei lá, uma velharia, mas bacana, sabe? Você vai, não é Gaby? Leve ele também. Você quer vir, Márcia?

– Não, obrigada.

– Qual é seu programa? Você tem um melhor? Conta, quem sabe a gente adere.

Márcia dá risada.

– Então a gente tem que sempre ter um programa? Vou ficar em casa. Só se minha prima quiser ir ao cinema...

– Cinema? No sábado? Isso já era, bichinha.

– Por ali, dona Yoshico, naquela segunda travessa à esquerda.

– Você faz bem em não querer voltar muito tarde, é escura esta rua.

– Pronto, número 29, por favor.

O carro para. A casa é um sobradinho simples, sem jardim, porta dando direto na rua.

– Vamos entrar? Seria bacana mamãe conhecer vocês. Quero dizer, conhecer de verdade, porque de ouvir falar ela já deve estar cheia.

– Mesmo?

– Bem que eu gostaria, mas depois não dá pra gente resolver aonde vai.

– O Marcelo combinou de me pegar às nove horas. Ele não gosta de esperar, fica buzinando na frente de casa. Meu pai fica uma fera! Ele diz que no seu tempo o jovem – ouçam só – o jovem descia, cumprimentava os pais da moça, batia um papo e só depois é que os dois saíam!

Dão risada.

– Imagine se o Marcelo vai descer e cumprimentar. Ele parece um bicho, só saber dizer *oi*.

– E o que custa dar um cumprimento alegre, atencioso? Custa muito?

– Não, dona Yoshico, é que, é que...

– Parecem quadrados, não é? Medo de parecer quadrado... Mas eu tenho a impressão de que muita barreira cai depois de um simples alô acompanhado de um amplo sorriso!

– Não querem mesmo descer?

– Fica pra outra vez.

– Então até amanhã. E obrigada, dona Yoshico!

– Vamos? Mamãe, você deixa a Tami na casa dela?

– Sim.

– Tami?

– Que é?

– Você viu como a casa da Márcia é simples?

– É, a Márcia é pobre. Mas ela não liga muito pra isso, não! Não se importa em dizer que não tem automóvel e que o pai logo que for aumentado vai ver se dá pra comprar um carrinho.

– Às vezes, eu fico pensando na Márcia, sabe, dona Yoshico... Eu nunca vi essa menina deprê, triste, com humor negro.

– É mesmo, sempre legal!

– Até a turma já disse que ela é Miss Sorriso.

– Se fosse eu, tava com cara de sogra, só de pensar em passar uma noite de sábado vendo televisão, depois de ter estudado a tarde inteira. Só isso dava pra me enterrar.

– Será que ela não sente a diferença?

– Qual diferença?

– Esta, poxa! A casa, o bairro, o programa.

– Pode ser que ela não dê tanto valor pra essas coisas.

– Ah, mamãe, não dar valor pro que é bom? Só se finge pra gente, é isso!

– Quem não gosta de um apartamento bacana? Todo mundo gosta, dona Yoshico.

– Eu sei disso. Em geral, todo mundo luta e esperneia pelo dinheiro porque acha que nele está a felicidade. Mas ainda há gente que não põe sua felicidade nas coisas materiais, no possuir em excesso.

– Será, mamãe? Não vou muito nesse plá, tá parecendo sermão.

– Pois não é. Eu conheço muita gente assim. É que vocês ainda não conviveram bastante com pessoas de outros níveis, diferentes dos nossos.

– Dê um exemplo. Quem você conhece?

– Nós, eu e seu pai, sempre fomos felizes.

– Eu também sou feliz. A gente tem um carrinho, um apartamento com tapetes e tudo, férias no Guarujá e...

– Sei, sei tudo isso. Mas você se esquece de que quando o seu pai e eu nos casamos, éramos recém-formados, ou melhor, eu já era formada e ele cursava o último ano.

– Sabem, meninas, mamãe se formou primeiro na faculdade porque papai não entrou de cara na Medicina.

– Nós não tínhamos casa própria, carro, consultório. Eu dava aulas sete horas por dia, seu pai tinha plantão três noites por semana. Foi difícil, a luta era cheia de exigências, comíamos a péssima comida que eu fazia em meia hora, mas éramos felizes, tão felizes como agora. Se sobrava um dinheirinho, a gente ia ao cinema; se não sobrava, ligava o radinho, ouvia música, conversava, trocava ideias, fazia planos.

– Poxa, dona Yoshico, que bacana!

– Assim falando parece fácil, mas foi difícil, difícil de verdade. Mesmo quando você nasceu, Miua, ainda lutávamos muito. E quantas vezes seu pai preparou sua comidinha, enquanto eu ia pra os colégios dar as minhas aulas. E de ônibus! Nada de táxis, não. Entretanto, nós nunca deixamos de ser felizes porque encontrávamos dificuldades e sofríamos restrições. Por isso compreendo bem a Márcia com seu programa de televisão. Nós também nos sentíamos realizados quando podíamos comer uma *pizza* domingo à noite.

– Chegamos, eu desço aqui. Obrigada, dona Yoshico, vamos entrar?

– Não, obrigada, lembranças às suas mães.

– Tchau, queridas, e nada de esperar pelo talão da fortuna para serem felizes.

– É, faz parte da filosofia hindu compreender que nós devemos aparar a água da fonte e ir bebendo, porque, se esperarmos ficar com ela nas mãos, ela escorrega pelos dedos.

– Nossa, Tami! Onde você aprendeu isso?

– Li por aí...

Riem... O carro dá um arranco e depois desliza suavemente.

4

– Não, isso não é possível. Já transbordou do mar, a maré subiu demais.

– Quê? Você estuda navegação?

– Não, eu falo do plá das garotas, bola só o que elas querem.

– Não sou adivinho nem sei ler nas estrelas, né? Entra logo com o jogo das garotas, deve ser legal, tudo o que vem delas é legal. Já estou nessa onda, por princípio.

– Então nem adianta contar pra você, cara. Vou procurar o Pedro, ando atrás de gente da oposição. Vamos lutar, tigres da Esso!

– Ok, você se queixa à toa, amigo. Conta logo o plá das garotas. Lutar contra quem e por quem?

– Veja só se não tenho razão... Elas estão organizando um grupo teatral e querem que a gente participe. Não sobra tempo nem pra treino, ando desfibrado, veja só os músculos como estão bambos, soltos, e agora mais essa: teatro! A cuca das meninas não funciona mesmo!

– Sei lá, não concordo. Acho bacana essa ideia.

Entreolham-se. João Paulo, brincalhão, feliz, feliz com a vida que pediu a Deus, esse é seu lema, todos o conhecem. Um pão, moreno, olhos francos, diretos. Do lado oposto, Júlio, alto, forte, físico de atleta, olhos azuis, medalhas de natação, corrida, salto.

– Você acha?

– Sim, e vou aderir à ideia. Quero participar, trabalhar.

– É, você tem pinta mesmo de mocinho de telenovela, de Romeu... Tá na sua, não discuto.

– Quem é o pai, ou melhor, você disse meninas, quem é a mãe da ideia? Genial! Vou dar parabéns.

– A Marina. Não é ela que faz teatro infantil? Todo mundo sabe disso. Vive espalhando por aí que estuda arte dramática, expressão corporal, tanta bobagem!

– Tou nessa, legal! Vou procurar a Marina pra umas informações. Quero ser o astro de uma telenovela "O direito de ser pintoso". Que tal? – Faz uma pose que desperta risos nos colegas que se aproximam.

O sinal chama para as classes, mas João Paulo encontra tempo de passar os olhos pelo painel colocado no quadro-negro:

Teatro – Precisamos de artistas para uma peça. Procurar Marina, a sua colega do 9º C e coordenadora, em nome do professor Cardoso.

Este é professor de Português, um dos mais queridos da escola, companheiro dos estudantes. Sempre para a frente, com inovações, disposto a ajudar um aluno, a dar uma explicação extra, não se esquiva de consultas fora de hora. Enfim, um amigão.

Somente ele teria essa ideia, fabulosa para alguns, de formar um grupo teatral. Conseguira permissão do diretor e já estavam organizando tudo, sendo Marina a líder do grupo.

Quando o professor lançou a ideia, Marina logo aceitou o presente com as duas mãos: "Pô, se quero funcionar nisso? É meu ideal".

Marina faz teatro infantil, como Júlio explicou a Jopa, e pretende trabalhar num teatro de adultos, à noite, plateia cheia, um dia, talvez.

A classe do 9º C se dividiu. É bem difícil todos aderirem a uma ideia e isso nunca acontecerá, porque os alunos formam dois blocos bem distintos: os estudiosos e os que vão à escola por obrigação. Bem, burro a gente não pode ser, o melhor é ir à escola, estudar pra passar, porque repetir ano não dá pé! Imagine, quem é bobo de fazer duas vezes o mesmo ano?

E o engraçado é que os grupos seguiam dois chefes, João Paulo – Jopa – e Júlio, também diferentes em suas personalidades, mas amigos íntimos. Amigos do peito, chapa um do outro, ninguém entendia como isso se dava.

Jopa, extrovertido, brincalhão, pronto a aderir a uma partida de futebol, a entrar num bate-papo, numa excursão. Bem-visto pelos professores, estimado pelos colegas.

Já o Júlio ia e vinha de moto, musculoso, bonito, com certo ar intranquilo no olhar, desconfiado, pronto a revidar com a força qualquer insinuação de um colega que o deixasse menos seguro de si. À sua turma pertenciam alguns companheiros mais fracos, mais indecisos, que se abrigavam debaixo de sua aparência física.

– Teatro? Que é isso, fico deslumbrado somente em pensar. Aí vem o Júlio, vamos ver o que ele diz. Júlio, você vai trabalhar?

– Olhe, Júlio, você dá pra estrela, se dá!

– Nem estrela nem estrelo. Quero lá saber disso? Vou entrar numa corrida de moto, isso sim, e preciso treinar muito.

– Eu sabia que você não ia nesse troço, eu não falei?

– Falou? Falou certo. Essa história de ficar preso não é comigo, não. O meu blá, sabe, é a estrada e ir na crista da onda, o mar! Um dia destes me mando para o Guarujá e acabo ficando por lá. Não fui ainda porque meus pais não deixaram. E sem razão, história mais besta, a gente tem apartamento. Então de manhã praia, à tarde escola e à noitinha a moto. Eta vida boa, mansa!

– Pra você, nada de teatro?

– Qual, isso é pro Jopa e suas macacadas, fale com ele.

– Vou falar com ele. E daqui...? Alguém quer participar? O professor Cardoso disse pra convidar todos os 8ºs e 9ºs anos!

– Ora, Marina, já dei boa dica pra você. O Jopa e suas macacas enchem uma lista ou auditório. Procure ele.

– É o que vou fazer. Deixar sua macacada de lado e procurar a dele.

Com a lista na mão, Marina vai conversando com os colegas, pedindo adesões, respondendo a perguntas.

– Sabe, pessoal, vamos ter que fazer cartazes, a gente não tem é o sonante, mas se vira, dá um jeito. Quem quiser participar é só botar o nome na lista, temos trabalho pra todos. Precisamos de pintores, de costureiras, de artistas.

– Caixa? Não precisam de caixa? Tou de bolso furado, vejam só e tenham pena de mim. – Pedro vira os bolsos para fora, mostrando o rasgo que havia nos mesmos.

– Você sempre na deixa, hein, Pedro?

– Escuta, Marina, um conselho, tá? Por que vocês não levam *Romeu e Julieta* e convidam a Fúlvia e o Sérgio? Eles representariam tão bem que as velhas coroas iam se derreter.

– Deixa a gente esquecidos, tá?

– Não precisa ficar zangadinha, estava só querendo ajudar a Marina a fazer o quadro artístico, como é que a gente fala? Até pensei que fossem gostar de minha bolada, não gostaram?

– O problema é nosso, nosso namoro é nosso e não queremos terceiros, tá?

– Tá bem, o papai que falou já se foi, esquece, não precisa dar mais bronca.

– Marina, isso não vai atrapalhar a gente, vai?

Estavam num intervalo, perto do barzinho. Fazia calor, procuravam refrigerantes.

– Atrapalhar? Vai ajudar, isso sim; dá desembaraço, autoconfiança, a gente se encontra. É muito bacana mesmo.

– O negócio é os pais compreenderem.

– Poxa, é isso mesmo. E os meus que são um pouco "pratrastex".

– Que é isso?

– Bolas, não há pais prafrentex? Os meus são "pratrastex", isto é, dois passinhos pra trás. Artistas, pra eles, não prestam, não têm nome.

– Ainda existe isso?

– Ora, se tem... Nome é importante, sabe! Beijos, então...

– Na peça que você escolheu tem beijos, Marina? A Ana Cláudia precisa contar pra mãe dela.

– Sei lá, ainda nem organizamos a companhia.

– A gente não sabe se vai escolher uma tragédia ou uma comédia.

– Decido pelo drama, sou artista dramática "meu amor me trocou por duas, ai, ai! Volte, eu perdoo!".

Arrepia os cabelos, estende os braços, faz uma careta que julga ser trágica. A turma desanda a rir. É difícil permanecer perto sem rir.

– Marco, você dá bem pra fazer a peça "Pulei a cerca e rasguei as calças".

– Que história é essa?

– Você não andou cantando a Fúlvia e não saiu mal?

Marco não gostou da conversa, afastou-se do grupo, chutando pedrinhas.

– Ele enfezou o time.

– E daí? Vou chorar por isso? É bom que ele saiba de uma vez que não deve avançar o sinal, tá?

– Ué, a gente diz que é prafrentex e quando chega a hora de provar que dois mais dois é igual a quatro, se manda? Então que mal há em seu amigo namorar sua namorada? "Estou amando loucamente a namoradinha de um amigo meu..."

– Comigo, não, essa é a música do Roberto Carlos. Não gosto de sociedade, pelo menos com a minha namorada. Eu com a minha, ele com a dele, e se quiser repartir é problema deles.

– Isso é que não entendo. Ou a gente é pra frente, ou é muito quadrado!

– Assim você pensa, mas eu não. Não sou garrafinha de boliche que quando uma cai fica com vontade de cair também... Posso escolher o que me agrada, não posso? Eu... olha, o plá acabou, fim de papo, quem não entendeu, entendesse, tá?

– Que é isso, pessoal? Se a gente brigar não resolve nada, preciso dar conta ao professor. O Marco já foi zangado.

– Deixa ele pra lá, estava precisando mesmo de uma conversinha. Assim ele não se mete a besta outra vez. O que o professor Cardoso está querendo?

– Ele disse pra gente escolher a peça, ensaiar e levar. E que não quer saber de nada, só ver. É pra gente aprender a criar, pôr a cuca pra funcionar.

– Ué, e por que ele tira o corpo fora assim?

– Ele vai dar nota.

– Nota?

– Sim, pra quem participar das reuniões e dos trabalhos ele dá nota sete.

– Sete? Puxa, estou precisando mesmo desse sete. Dá um jeito aí, Marina, nem que seja pra varrer o palco, eu assumo a responsabilidade.

Risadas. Estão bem interessados. Para alguns a nota é a atração.

– Eu também. Bota meu nome aí bem assinado. Quero esse sete. Mas é garantido... não é papo-furado, né?

– Garantido, só falta escolher a peça. E sabem de uma coisa? Vou já marcar presença para os que deram o nome.

– Bota aí uma cruzona em frente do meu e o endereço, se vocês fizerem uma reunião extra ou bailinho.

– Não vai ter baile, não? Gamo o tango, até já comprei uma pomada pra alisar o cabelo.

Mais risadas. O ambiente é alegre.

– Tou precisando de um nove em Matemática. Você não dá jeito, Marina, de pôr duas cruzinhas em meu nome?

– Só isso? E o que tem teatro com a soma? Você sabe somar?

– Sei nadar, namorar, dou pra bandido.

– Então ponho seu nome na lista se for peça de bangue-bangue.

– *S'il vous plaît...* puro francês, marque meu nome e não se esqueça das duas cruzes, tá? Uma pro Cardoso e outra pro Zerô...

– Escuta aqui, o professor não vai desconfiar, não?

– Não, ele é legal, hoje vai me dar a caderneta de presença.

– Vale o sacrifício, né?

O sinal esguicha: *berrémmm...*

– Poxa! Aula chata essa que a gente vai ter agora com este calor! Aula de Matemática, com calor, funde a cuca, derrete ela.

– Tudo combinado?

– Não esqueça as duas cruzinhas, tá?

A porta é cerrada. Lá dentro o calor luta com os alunos e eles têm sono; estão inquietos e a voz do professor dá nervoso. Mas com o Zerô ninguém brinca. É tudo ou nada.

5

Logo faço quinze anos, enfim, quinze anos já é alguma coisa na vida da gente. Minha mãe disse que no tempo dela a mulher nessa idade era chamada menina-moça e era uma idade muito importante. O primeiro marco, o primeiro passo para a idade adulta, no tempo dela, bem entendido.

Até um poeta fez uma poesia assim "entreaberto botão, entrefechada rosa". Bonito, eu também acho que está acontecendo comigo alguma coisa, não sei explicar bem. Também não sei se isto que estou sentindo acontece com todas as meninas, às vezes fico pensando, até cheguei a perder o sono e a chorar sozinha, no meu quarto, com a porta trancada, pra ninguém ver, menos ainda minhas irmãs menores. Elas dormem no outro quarto, mas sempre vêm ao meu. Ainda brincam com bonecas, vivem sempre juntas e, se me vissem chorar, a notícia ia parar na lua! E todo mundo acabaria querendo saber o porquê da minha tristeza e nem eu mesma conheço bem o lance; às vezes acho que é bobagem minha, frescura, outras vezes, não. Tou só na minha!

Será que tenho alguma marca que chame a atenção dos outros pra mim? Sinto que não sou quadrada, mas também sei que, apesar de pertencer à turminha, de gostar muito de minhas colegas, não vivo igual a elas.

Algumas vezes, de repente eu estou só, presto atenção, queimo a cuca, me comparo, procuro a pedrinha que atrapalha, curto essa diferença como hoje e... nada.

Será por que sou mais pobre? Não tenho aquilo que elas têm, casa bonita, automóvel, férias na Bahia, no Guarujá. Um pouco penso que isso influi. Agora, não muito. Há dois anos, quando eu era menor, sim. Eu tinha inveja e vergonha. Parecia um defeito grave, eu sentia que devia ser rica como todas as minhas colegas. Chegava a pensar que ser rico era uma obrigação de todo mundo e que meus pais falhavam por não me darem tudo o que eu queria.

Graças a Deus eu cresci e superei isso, agora já sei aceitar bem, reconheço o esforço do meu pai que trabalha tanto, da minha mãe que ajuda economizando, não tendo empregada, costurando. Às vezes, ainda entro em deprê, principalmente quando vejo a Martha, tão bem vestida, elegante. Mas logo passa, já estou aprendendo a esperar, quando eu me formar então poderei comprar uns terninhos bem bonitos. Ainda faltam... uns... pô, dez anos? Até lá tou velha, mãe de uns quatro filhos, barriguda, gorda. Xi, será? Não, não vou engordar, vou me cuidar, faço a ginástica dos astronautas.

Mas será que é só o dinheiro que faz essa diferença? Na festa de ontem prestei bem atenção, a turminha estava num canto fumando escondido, naturalmente. Cada uma procurava fazer mais pose do que a outra, imitar as estrelas de cinema, de televisão, dá até pra gente descobrir qual é.

No barzinho elas tomam coca ou guaraná como se estivessem tomando uísque, ou sei lá, uma bebida forte, perigosa. Deve ser chato, nem sei como ainda me convidam pra bate-papos e reuniões.

Ontem mesmo, na casa da Miua beberam uísque dos pais dela, que estavam ausentes. Naturalmente que o uísque foi controlado, mais guaraná que uísque, porque se o pai desse pela história, vinha bronca na certa. Assim mesmo pareciam estar numa reunião de adultos, deve ser assim, sei lá, mas imagino.

É engraçado, já notei essa transa, a gente gosta de imitar os mais velhos e os criticamos ao mesmo tempo. Palavra que não entendo, por mais que pense no plá. Troquei ideias com o Jopa a respeito do assunto, ele entende bem desse barato, tá na onda, ele disse que a gente de nossa idade ridiculariza os coroas, acha eles quadrados e pra trás, que pensamos ser prafrentex, mas que se a gente observar bem... Ele até me ensinou como fazer, dê um pulo e fique de lado como observadora numa festinha e veja só o que acontece. "Olhe ali aqueles no bar", foi Jopa quem chamou minha atenção, "não parecem estar numa reunião de adultos? Dos coroas? Têm a mesma pose".

– Anota: eles fumam, a gente fuma. Eles guiam, a gente guia, mesmo não sabendo bem e não tendo idade, escondido, basta encontrar as chaves, já sai correndo! O uísque é gostoso? Você gosta? Não gosta; tem gosto de palha, não tem? Ninguém liga pra isso, todos bebem.

– É mesmo, cara, e eu que não tinha pensado nisso, não é? Pois você está certinho.

– Preste mais atenção, sempre volto das reuniões queimando um pouco do meu fósforo. Fico observando, converso num grupinho, noutro, mas qual, não dá jeito não, acabo saindo com a mesma impressão com que entrei, não passamos de macacos.

– Macacos?

– Sim. Não é o macaco que imita sem saber ao certo o que faz?

– Você está certo, Jopa, e diz aquilo que sinto. Eu tava até pensando que sofro da bola, porque não acompanho a turma sempre.

– Márcia, eu só conheço uma menina diferente, diferente mesmo.

– Quem é?

– Você.

– Eu?!

Paro sem respirar, até ele nota que sou diferente, azar meu. Se há um cara que eu admiro é o João Paulo, e agora ele vem com essa conversa que me chateia tanto. Minha diferença.

– Chateada? Não veja nisso uma crítica, é um elogio, isso sim.

– Elogio? Vivo me examinando, procuro ser igual a todos, mas não dá pé, não. Quando vou nas festinhas já nem me oferecem bebida, só refresco, perguntam se saio escondida, ... eu sei lá, tantas besteiras, tantas!

– Pois quer ouvir minha opinião sincera? Não faça força pra mudar, você está bem assim, como é. Você não é macaquinha, é? Não saiu da mesma fôrma, pra que ser igual?

– Isso também não, fazer o que os outros fazem só pra ser igual, não. Gosto de fazer o que gosto, mas me acho um pouco quadrada, sabe?

– Ora, Márcia, a turma parece ser apostila.

– Como assim?

– Todas passaram pelo xérox e saíram cópias.

Demos risada. Gozado mesmo, mas as palavras de João Paulo ficaram parafusando minha cabeça. Não posso deixar de pensar, torno a pensar, ele me acha bacana assim como sou.

– Oi, vocês dois aí, do que estão rindo? Venham tomar uma Coca, imaginem só que aquele cara legal, o Cardosinho, vai resolver o problema da peça e deu hora livre para o resto da turma.

– Onde vocês vão?

– No Cacá.

– Vamos, Márcia?

– Vamos.

●

Encaminham-se para o bar de frente à escola, onde se encontram uns vinte jovens, a tomar refrigerantes, a conversar alto.

– Lá vem a Márcia com o Jopa, os dois têm andado muito na cola um do outro.

– Também, são iguaizinhos – quadrados –, eu fico me sentindo mal perto deles, parecem coroas.

– Tira o João Paulo dessa, conheço bem o cara, estamos sempre juntos no clube.

– Pinheiros?

– Sim.

– Pois pensei que nem clube ele frequentava, ou, se frequentasse, fosse clube de colecionadores de selo, de orquídeas, desses da outra geração, tá?

– Engano, cara, engano total. Ele dança, nada, joga voleibol, pratica judô.

– Caio das nuvens sem paraquedas! Eu sempre pensei que ele fosse diferente ou deficiente, sei lá.

– Tá enganado, já disse, ele tem personalidade.

– Explica isso.

– Sei não, não sou psicólogo, mas como já conversamos a esse respeito na turma, repito aquilo que ouvi.

– Então vai transmitindo.

– A transa dele é e não é a nossa. Tem muita coisa que ele faz como os da turma e outras que ele não faz só porque pertence à turma, tá?

– Ah!, ele é original, quer dar uma de bom!

– Não, não é bem isso, você não entendeu. Vou dar um exemplo. Outro dia a gente estava no maior bate-papo, a turma se divertindo a valer, apareceu Danilo com o carro do pai.

– Aquele importado vermelho?

– Esse bicho mesmo! Ele foi chegando numa daquelas derrapagens espetaculares e gritando:

– "Olá, pessoal, vamos?"

– "Onde?" Todo mundo ficou assombrado.

– "Por aí, dar uma de Michael Schumacher. O velho viajou."

– "E ele emprestou o veneno?"

– "Não, quem sou eu, primo, para merecer tanto? Mas acontece que deixou a chave na mesa do quarto. Tomei o carro emprestado por minha conta, mas vamos ou não? Deixem o papo pra depois, ajeitem os traseiros."

– E vocês?

– Éramos seis, entramos no carro sem esperar pelo segundo convite, imagine perder essa. Quando o Danilo ia arrancar, a gente viu o Jopa na rua, rindo:

– "Aperta, caras, o Jopa ficou sobrando."

– "Suba, Jopa."

– "Não, não vou. Tchau!"

– "O que é isso, cara? Por que não vem?"

– "Não, tchau!"

– "Ora, Jopa, não seja pedra no caminho, vamos. A gente volta cedo, dá umas voltas no Morumbi e só."

Ele deu risada, bateu a porta do carro que o Marco abriu, saiu, sacudiu a mão e foi. Na esquina ainda voltou e sacudiu a mão outra vez.

– Quem sabe se a dele era mais interessante? Um programa com garotas, não? Que vocês pensaram?

– Ele não se mete em fria, é isso.

– Ah! Esperto, não? Tira logo o corpo quando o cerco se fecha...

– Sei lá, esperto ou não, sei lá, é essa sua transa, apesar disso todos gostam dele, é um cara respeitado. Não topa briga mas é valente, já vi ele dando um soco num cara quando disse um gracejo grosso pra Tami. Poxa, foi de ver estrelas e era cedo!

– Agora tem andado muito com a Márcia, até a turma já fofoca.

– A Gaby dá em cima, mas parece que ele prefere a Márcia mesmo. Ela também é diferente, apesar de ser da turma. Não é igual, não. A gente aceita ela porque é boazinha, simpática, mas não está em todas, não. Os dois combinam. Por que será?

No bar o movimento é intenso, a sineta chama o 9º ano para a aula de Matemática.

– Matemática moderna, imagine se fosse antiga...

– Já é quadrada sendo moderna! – completam todos, rindo.

– Vamos, deixem de resmungos.

– Olá, vocês ficam?

– Sim, o professor de Português deu feriado, sabe, ele está em conferência com os organizadores do grupo teatral.

Miua, Gaby, Tami e Mariela, sentadas em banquinhos altos, tomam Coca e comem batata frita. Algumas colegas vão e vêm, trocando ideias e conversando, comendo. As provas são o assunto predileto, absorvente; muitos estão arrependidos do tempo perdido e procuram se recuperar, reunindo-se à tarde, em grupos, para estudar uma hora a mais.

Outros desistem das rodinhas, das reuniões, do clube; e alguns mais despreocupados continuam na vidinha de sempre, apesar do medo. O resultado final os assusta mas não têm força suficiente para modificar o modo de viver e se dedicarem mais aos estudos.

– Não gosto de estudar– confessa Danilo.

– Então, por que você estuda?

– Sabe, o velho fala que sem estudo a gente não é nada, que é preciso estudar pra participar da construção de um mundo melhor. Então, quando lembro daquela guerra do Vietnã, tanta criancinha morta, jogada no chão, poxa, assim não dá pé, a gente tem que estudar mesmo pra ver se melhora essa deprê toda.

– Gosto de ler. O estudo é até interessante, eu penso que muitos professores não sabem dar matéria. As aulas é que são sem graça, já ouvi falar que vão reformar o ensino, quem sabe se aí vir à escola vai ser mais bacana.

Pois eu penso diferente. Gostoso mesmo é lutar judô, nadar, não é, Júlio?

– É.

Júlio anda numa de doente.

–Você tá maconhado?

– Que é isso? Não brinca.

– Brinco não, falo sério, todo mundo anda notando que você tem algum problema.

– Não é nada, não, tou com gripe, dor de garganta, febre...

– Por isso que espirrou tanto naquela aula da bolinha?

– Deixa pra lá.

As inseparáveis, como são conhecidas Miua, Gaby e Tami, se divertem. Cinquenta minutos livres pela frente e com sinal de presença. Poxa! Se fosse assim ao menos uma vez por dia...

– É, não era mau, não.

– Vocês aí, de que estão rindo?

– A gente não quer penetra, pode jogar seu veneno pra lá.

– Sabe, aquele sábado que a gente estudou, você estava de castigo, lembra? Eu e a Tami fomos levar a Márcia até a casa dela.

– E daí?

– Você precisa ver que casa simples.

– É mesmo, ela convidou a gente pra entrar.

– Vocês entraram?

– Não, mamãe estava com pressa.

– Depois, a gente ia ouvir música no clube. Convidamos a Márcia, ela disse que não podia porque tinha outro programa.

– É? E daí?

– Daí? Sabe qual o programa? Televisão com os pais ou cinema com a prima. Isso no sábado à noite, já imaginou?

– Que é isso, gente? Cinema e televisão no sábado? Nem, eu creio, no tempo de minha mãe.

– Pois minha mãe, e vocês sabem que ela não é quadrada, não disse que isso é bom?

– Cada um na sua, não discuto.

– Por que você não foi ouvir música?

– Azar, o horóscopo não deu certo, precisei ir à casa da minha avó que fazia anos.

– Poxa, ainda existe isso?

– Ai de mim, coitadinha, se não fosse. Já ando meio ovelha-negra da família. Mas também me vinguei, não abri a boca uma só vez. Como foi lá no clube?

– Um *show*! Depois o Marco, sabe, ele tocou e cantou. Sensacional!

– Imagine, ele descobriu uma série de discos de 1930, do tempo dos velhos; aprendeu alguns tangos e valsas da hora da saudade.

– É mesmo?

– Tá na moda, todo mundo anda atrás de discos velhos.

– Pois se eu soubesse dessa nova transa teria entrado nela. Na casa de minha avó tem disco de montão, ao menos eu teria aproveitado a tarde. Mas vocês topam essa velharia? Ou foi pura esnobação?

– Ah, pode crer, tem mesmo coisa bonita de derreter o coração.

– Ei, vocês aí, não ouviram o sinal ou vão saltar esta aula?

– Pô, quem? Eu? Já atingi o muro da vergonha, preciso desta aula. Nem que fosse o dia de meu casamento, tá?

Saem correndo, alegres, em direção à escola.

– Você fez a lição, Mariela?

– Fiz sim, menos a de Inglês.

– Eu nem trouxe o caderno.

A professora já fechava a porta da sala.

– Vocês sempre atrasados.

– É, desculpe, deu pane na Gaby.

– Quê? Que é isso? Que é Gaby?

– Quem, professora, quem! A Gabriela.

– Gabriela?

– Desliga, professora.

– Que modos, isso é jeito de falar? Estão querendo se mostrar?

– Arre, professora, desliga. A gente vem quieta, correndo, cansada, sem dar uma palavrinha, a senhora até pode ouvir os berros da professora do 5º ano, ela parece cantora de ópera.

A classe desanda a rir.

– Você banca a palhaça? Pois aqui não é circo, retire-se.

– Ah! professora, tou precisando de nota, não me ponha na rua, eu imploro.

Mais risadas, a classe faz barulho.

– Ô professora, *teacher*, ela promete ficar com a boca fechada, a senhora é tão boazinha.

– Boazinha é uma coisa, mas ser boneca de vocês é outra muito diferente. Gabriela, sente-se e vai abrir a boca somente para dar os verbos. Quero o verbo *to tell* em todos os tempos. Vamos.

Lá fora o dia se esparrama em doçuras, o sol impera. Quanta matéria sem graça, quanta! Puxa, será que o tal secretário da Educação, ou ministro, nem sabem quem, não dá um jeito nisso? Estudar num dia assim... isso é que... deve ser pecado, é isso.

– Gabriela, vamos, dê o verbo *to tell* em todos os tempos que existem.

– Todos?!!!

– Tooooodos! E rápido!

6

– Não dá certo.

– Ora se dá, deixa de ser bobo.

– Cara, você já fez assim?

– Então, não? Estou ensinando sem saber ler?

– E sua velha não deu pela coisa?

– Deu nada, ela está muito ocupada com suas transas.

– Sabe... estou com medo.

– Medo? Você é capaz de sair dessa, como? A corrida está aí, dia 5, você já se inscreveu, deu garantia, a moto quebrou fora de tempo, você não tem dinheiro pra pagar o conserto.

– E nem coragem pra pedir pro velho, as notas estão péssimas. Pra falar a verdade, zero é número? Se não for, nem nota eu tenho!

– Então, medo disso, medo daquilo, você é um cara indeciso, sabe?

– Você garante que dá certo?

– Se dá! Tem três, quatro caras que fazem assim. Vão lá, ele põe a assinatura tal e qual.

– E não descobrem?

– Até agora, nenhuma vez. E tem um cara aí no colégio que o pai tem uma letra desgraçada, pois ele nem desconfiou de nada.

– Tirou muito?

– 300 reais.

– Poxa!

– Foi pra pagar uma batida que ele deu num carro, tava sem ordem do pai. Pegou na traseira de raspão. Mas o outro pedia 300 ou chamava a polícia.

– Que sujeito besta, não? E daí?

– Daí resolveu tudo, o cara é bom mesmo.

– Quanto ele cobra?

– 20 reais.

– Saiu bem igual? Não deu bolo?

– Já disse que não, o tal é cobra, você não vai nem acreditar.

– Então, faça isso por mim e obrigado.

– E o dinheiro?

– Agora, ou depois?

– Ele faz na hora. Quando você quer ir?

– Hoje pego o cheque.

– É fácil?

– É, minha mãe larga ele em qualquer lugar, depois fica maluca procurando. Tem dois talões, eu pego um cheque e ela nem vai dar conta.

– Quando a gente se encontra?

– Às três, tá? Ele faz na hora?

– Já disse que sim. Pega o cheque, assina direitinho, sabe, a gente paga. Só tem uma coisa.

– Quê?

– Ele faz a gente assinar um papel dizendo que a gente é que pediu pra ele falsificar a assinatura. Sabe, ele quer salvar o pelo em caso de rolo.

Júlio permanece pensativo. O que fazer? De um lado a moto quebrada, no conserto, a corrida pintando por esses dias; de outro lado os pais se negando a dar o dinheiro e o mecânico não entrega a máquina se não pagar. Pedir emprestado 200 reais, pra quem? Quem poderá, ou melhor, quem tem duzentão pra emprestar? Nenhum de seus caras conhecidos, talvez alguma menina...

– Você quer ou não quer? Tenho o que fazer.

– Ô, cara, às três tou aqui. Vou resolver, não sei se dá certo.

– Tá com medo?

– Tou, e muito. Nunca fiz isso, sabe?

– Você é frouxo. Até às três, então.

Separam-se. Esse Lauro não é boa pinta, pensa Júlio. Sempre metido em encrencas, já foi chamado duas vezes na Diretoria por suspeita de maconha, mexe com as meninas, sempre na base de piadas grossas, agora essa de falsificar assinaturas.

De outro lado, como sair dessa, como? A bronca vai ser grande, ainda mais que não contou nada em casa, que deu trombada. Tudo pra evitar preocupação materna, a velha morre de medo por causa da moto. Poxa, que vida, poxa!

Depois, ainda por cima os estudos, notas tão baixas que não há possibilidade de recuperação. Nenhuma. Que vida, poxa! Azar de todos os lados.

Mas será mesmo azar? Ou a gente tem responsabilidade, tem participação nisso tudo?... É preciso pensar e pra pensar a gente precisa estar calmo, talvez sentar, talvez trocar ideias com alguém cuja cuca não esteja tão fundida quanto a nossa.

Mas com quem?

Lauro, serviçal, se fazendo de amigo de todos, não se apertava em nada, mas também não pertencia a nenhuma turma. Lá ia, engraçado, no grupo dos grandes, onde não era muito bem recebido, parava mais no grupo dos pequenos, 6º e 7º anos.

Estava na deprê, Lauro notara, perguntou por quê. Contou e... ele veio com aquele negócio:

– Tem um cara legal, legal garantido, que falsifica, com perfeição, assinaturas. Quantos colegas usaram da sabedoria do tal!

– Mesmo?

– Ora, cara, vou meter um colega em encrencas? Se falo é porque sei, tá?

Júlio não sabe o que pensar. Na hora em que Lauro fez a proposta achou legal pacas! Mas agora está com medo, mais do que medo, preocupado. Respondão, vagabundo, malcriado; mas desleal, mentiroso, isso não gosta de ser, não. Tem seus princípios, os pais podem pensar que não, principalmente o pai, a mãe ainda, se não aceita, procura pelo menos entender.

Pais, avós, a família inteira, as irmãs na mesa, com risinhos prontos a explodir, somente porque as notas eram baixas. Que estudante não tira nota baixa? Até Einstein, todo mundo sabe, foi péssimo estudante.

"Se você vier com essas notas baixas nada de corridas de moto; o tempo voa e você não se resolve a criar juízo."

Já está farto, cheio dos estudos, quatro horas no colégio pela manhã, precisa levantar às 7 horas, bem na horinha em que o sono é melhor, tão bom ficar na cama, o calorzinho... Depois, a mãe obriga a permanecer no quarto mais três horas, estudando as lições de casa! Impossível continuar a vida assim, não é criança, poxa! Mas e se não estudar? Pegar no pesado, no duro, não está acostumado e também salário mínimo! A mesada que recebe mal dá para uns cigarros e refrescos no barzinho. Que vida!

São três horas, precisa ir ter com Lauro e ainda não se decidiu. Sai do quarto. Já preveniu a mãe na hora do almoço que "hoje vou precisar sair um pouco à tarde, estudo de noite" e assim não há bronca e não precisa pisar leve. Atravessa o *hall* de cima, a porta do quarto da mãe está aberta, ela saiu, foi ao supermercado. Puxa, levou o talão de cheques. E o outro? Dá ligeira busca, sabe mais ou menos onde ela o deixa, por cima do armário, na gaveta da mesinha, tá lá, sim. Pega o cheque com os gestos apressados e foge, sai quase correndo, esbarra com a arrumadeira, "Não vê, não?". Pede desculpas e sai.

Na rua a mesma pressa, quer fugir. De quem? Do mundo ou de si mesmo? Encontra Lauro na esquina, ar tranquilo, que lhe sorri de longe:

– Oi, cara. Você trouxe?

– Trouxe, tá aqui.

– E a assinatura dela?

– Tá aqui na caderneta.

– Deixa ver? Fácil, parece letra de criança, isso pra ele é brincadeira, tá logo no papo. Que cara, você parece que viu defunto, tantos fazem assim, eu mesmo já levei uma turma lá...

É... Júlio não quer muita prosa.

– É longe?

– Não, logo ali. Você sabe o bar Luz Negra? Lá perto.

Caminham em silêncio, cada um com seus pensamentos; no rosto de Lauro, certo risinho amolante.

– Pronto, é aqui. Instintivamente Júlio recua, se contrai, parece querer diminuir, entrar em si mesmo. Tem vontade de ser um feto e estar na barriga da mãe, lá onde havia proteção e não havia problemas. E se voltar? Mas o que dirá Lauro? E os colegas? No colégio tem panca de valentão, super-herói. Um Batman, um Tarzan, o Invencível, e agora, com medo. Lauro vai explorar isso, se vai, até esgotar o assunto.

A campainha ressoa, aparece um homem magro, de pijama, óculos de lentes grossas, ar inofensivo, miúdo como um menino de 14 anos. Será este?

– Eu trouxe o colega.

– Tá bem, entrem.

Entram, a casa parece desocupada, cheirando a mofo, um quê de abandono, pobreza e sujeira.

– É ele que precisa de 200 reais, quebrou a moto e não quer pedir pra mãe. Encrenca, o senhor sabe, prometi ajudar. Não gosto de ver colega sofrer.

– Está bem, trouxe o cheque e a assinatura?

– Trouxe.

– Deixa eu ver... Fácil, posso fazer agora, vocês esperam?

Lauro olha para Júlio, ele afirma que sim, sente que não terá coragem para voltar. Agora ou nunca mais. Preferia enfrentar tudo, até perder a moto, mas tornar ali, não!

O homem pega o cheque, a assinatura, vai para um quartinho e deixa os meninos de pé na salinha, pois não tem cadeiras para se sentarem. Eles veem o homem acender uma lâmpada pendurada em cima de uma mesinha. Senta na cadeira, pega um papel de seda, põe em cima da assinatura, copia, passa por meio do carbono para um papel e vai recopiando duas, três vezes. Depois escreve livremente numa folha outras vezes, compara, examina. Toma o cheque. O coração de Júlio pula no peito como um soco! O homem, indiferente, escreve no cheque com certa ligeireza, deve ser craque no assunto.

– Pronto, podem conferir.

Lauro pega apressado, parece sentir um prazer enorme em tudo aquilo, naquela transa desonesta em que leva o amigo, desnorteado. Júlio é um robô, um teleguiado, não sabe o que quer, somente sente uma deprê tremenda, curte um profundo desajuste consigo mesmo!

Dobra o cheque, passa os vinte reais pro homem, assina num papel que o homem apresenta e sai sem se despedir. Lá fora respira o ar como quem saiu de uma prisão.

– Você parece que está vendo fantasma. Ô, eu não gosto de dedar, mas tantos fazem assim, nem sei te contar. O Renato, a Daniela, a Adriana.

– Poxa! – E Júlio pensa: agora vou entrar na lista dele, "até o Júlio, sabe, tem medo não, cara".

Bem fácil a história pro Lauro. Você leva o cheque, ele imita a assinatura... e pronto. Foi assim mesmo, no bolso está o cheque, dobrado, um pequeno papel verde.

– Bem, tchau.

– Nada de deprê, cara, a gente sempre dá um jeito nas coisas.

Porém Júlio não ouve mais nada, atravessa a rua e vai tentando dar a si mesmo uma explicação que o desculpe. Precisa sossegar a consciência, afundá-la num poço e pôr a pedra por cima. Foi bom ter feito isso, tira o dinheiro, a mãe não dá pela coisa porque é tão descuidada, pode retirar a moto, o pai não fica sabendo de nada. Faz isso pra não dar desgosto, porque o pai anda com a pressão alta e o médico disse pra ele não se aborrecer, evitar contrariedades.

Tantos fazem assim, assinam cadernetas, mas dinheiro é... como se diz mesmo? Falsário, ladrão... Luzes acendem e apagam na sua cabeça: falsário, ladrão, assinatura falsa, cheque falsificado, ladrão, ladrão.

Procura se distrair, tirar a ideia da cabeça, olha uma garota que passa, uma gata, com minissaia, pernas bronzeadas, devia ter ido uns dias na piscina. É isso, o tempo está ótimo para a piscina. Mas foi o excesso de piscina que o levou a tirar notas tão baixas na escola, escola atrasada que ainda dá nota. Se fosse aquela da Inglaterra, uma tal de Summerhill, onde estuda quem quer, aqui no Brasil é tudo atrasado mesmo! Nota, já era.

De repente passa pela banca de jornais próxima à sua casa e vê na primeira página de um jornal qualquer, daqueles que exploram o sensacionalismo, um retrato. O retrato de um jovem de óculos escuros que foi preso – 15 anos. Meio loiro, forte.

Júlio foge, corre numa fuga inútil, tem a impressão de que é ele quem está ali, naquela página.

Chega à sua casa, respiração mais ofegante do que se tivesse disputado uma competição – 200 metros. Entra como saiu, indo de encontro à copeira, "Você não vê, não?".

O melhor é rasgar o cheque, vai para o quarto, vê a mãe que chegou das compras. Leva tremendo susto, procura esconder-se.

– Júlio, você já chegou? Trouxe iogurte, você quer?

– Quero não, obrigado. Vou estudar, depois eu como.

– Você está pálido, que aconteceu?

– Nada mãe, é fome.

– Vem comer, esperei você para tomarmos lanche juntos.

– Quem sou eu pra você me esperar?

– Sempre espero você para o almoço.

– Está bem, mãe, não vamos começar.

– Começar o quê, Júlio?

– Deixa pra lá, nada não, chega de conversa, vou estudar.

– Levo iogurte e refresco no seu quarto.

Júlio quer se trancar no quarto e deixar o problema lá fora, mas parece que ele tem raízes dentro dele e que aumentou.

A mãe entra com o lanche.

– Você está doente?

– Não, mãe, você sempre se preocupa.

– Ué, você é meu filho. Se mãe não se preocupa com o filho, quem vai se preocupar?

– Deixa pra lá, mãe, estou deprê, é só isso, deprê.

– Tá bem, filho.

Júlio fecha a porta com chave, joga-se na cama. Vai ou não descontar o cheque? Vai, porque precisa. E se tentar mais uma vez pedir dinheiro? Já pediu demais este mês, a moto dá muito gasto.

Antes de descontar vai procurar a mãe outra vez. Resolve que assim não pode continuar. Ela está no quarto costurando.

– Mãe, preciso de 200 reais.

– E sua mesada? Pra quê?

– Preciso, a moto...

– Eu já sabia, ela dá mais despesa que o colégio, seu pai já disse que vai vendê-la...

– Tá bem, quem devia saber era eu, é só pedir um dinheiro que vem bronca na certa. Tchau, não estudo mais hoje. – Sai batendo os pés, bate a porta.

Lá fora, o resto do dia. A rua calma, cheia de árvores. O banco fica cinco quadras depois, sente o cheque no bolso e caminha.

Se o velho souber está perdido, não vai confiar nunca mais, o velho é do século passado... Mas falsificar é certo no presente? Está certo o que vai fazer?

Chega no banco, entra, e como está vazio é logo atendido. A funcionária que o atende não estranha porque está acostumada a vê-lo descontar cheques da sua mesada.

– Oi, como vai?

– Bem. Vim descontar este cheque da mãe, sabe?

– Espere, vou mandar verificar.

Daí a pouco ela volta com o cheque e ele retira o dinheiro. Esses minutos foram demorados, tão demorados que parecem meses, anos...

– Tchau... – Júlio sai, o dinheiro no bolso, vai agora ao mecânico.

E se o pai descobrir? A mãe vai chorar na certa, as irmãs ficarão assustadas, com medo.

Júlio caminha para o mecânico, descontente consigo, com a vida, com Lauro.

7

– Há situações que a gente não entende mesmo. No colégio aconteceu uma transa tão sem graça, que nem deu pra gente rir, quanto mais se divertir como pensava. Tínhamos combinado, eu, o Danilo e a Dê, a Denise, sabe?, que quando a chata da professora de História, aquela chata, redonda como a lua, de olhinhos de caranguejo, entrasse, ou pra falar melhor, rolasse até a mesa dela, eu, que espirro bem, soltava uma salva de espirros, por atacado, o Danilo tossia de arrebentar os peitos e a Dê limpava a garganta como quem vai tirar uma nota, daquelas bem altas... dóóóóó... Depois de cada explicação a gente entrava com o joguinho, como estava combinado, tossindo, espirrando, pigarreando. De repente, bateu uma gripe nos três, gripe de internar em sanatório de tuberculosos, sabe. Tudo tão bem arranjadinho, a gente já esperando a reação da classe. Nosso auditório ia explodir. Ela falava "A independência no Brasil teve origem...", nós com o acompanhamento, até parecia uma orquestra – atchim, ror-ror, can-can, e os antecedentes eram ror-ror, can-can, atchim. A classe estava se torcendo de rir, os colegas olhavam pra nós, a gente limpava os narizes, a boca, o Danilo levou um grande lenço cheio de flores, acho que a mãe dele usa na cabeça, sabe?

– E a professora?

– Foi então que aconteceu a coisa mais besta deste mundo. A Bolinha não aguentou, debruçou na mesa e chorou, chorou mesmo, poxa, que confusão, a mais confusa que já vi até hoje, tanto a Denise como o Danilo não sabiam o que fazer. E eu? Eu que bolei a ideia em desforra do zero que ela me deu e também porque me expulsou da classe. Poxa, foi fogo mesmo! Mulher é engraçada, não dá pra entender. Ela podia mandar a gente pra fora da classe, era isso que a gente queria, pra depois ir dar queixa na Diretoria: "A gente tá resfriado, nem tossir pode, nem espirrar, implicância da professora, que anda nervosa". Mas foi outro o galho, chorar assim é pura chantagem. Os colegas que riam começaram a olhar pra gente como se fôssemos culpados de um crime.

– Você anda sempre metido em frias, Júlio.

– Deixa eu contar. "Mulherzinha chorona", disse Danilo atrás de mim, "precisava se derreter assim?". A gripe acabou mais depressa do que quando tomo vitaminas, o silêncio foi tão grande que a gente até ouviu a reguada que a professora do 6º B deu na mesa. Ela é fogo, ninguém brinca, não.

– E daí?

– Daí? Ela levantou da cadeira, virou pro quadro, secou os olhos num lencinho, vi bem. A gente estava murcho como pneu furado, tá? Eu acho que nunca vou me casar, a gente não sabe o que pensar das mulheres, né? Elas têm as reações mais chatas deste mundo! Chorar, imagine, chorar! Se fosse o professor de Matemática pegava a gente pelas orelhas, jogava no corredor, que a gente morresse de gripe, ele nem dava bola.

– E depois?

– No intervalo, alguns colegas vieram falar com a gente, sabe, aqueles puxa dos professores: "Vocês, pô, não acham que passam da conta? Se não querem assistir às aulas, deixem a gente em paz, pra que vocês vêm ao colégio?".

– É sempre assim, uns são do contra, a gente não pode contar com todos, não. Tem cada dedo-duro, não te conto. A gente precisava de mais cooperação e coleguismo.

– Pô, e aquela professora é chata mesmo, e quem diz chata diz quadrada.

– Ela é bolinha, é chata, é quadrada... ou uma ou outra. Não combina.

– Combina, sim – explica Júlio –, Danilo deu parte de fraco, foi se desculpar, eu não. O pior é que grande parte da turma, aqueles que davam risada, agora depois do bolo são contra, e se o diretor souber, tou perdido. Achar graça acharam, até a onda ir certinha, é sempre assim. Amigão mesmo é o João Paulo, esse não acompanha mas nunca é dedo-duro; aguenta firme, mesmo se não está na transa. O resto uns trouxas, tá? Fui pra casa sem saber se o que eu fiz foi tão mau assim, uns apoiavam, outros criticavam.

– E você?

– Eu?! Sabe, eu tava com aquele cutucãozinho na cuca, aquele, sabe?, que não dá paz. Eu acho que ultimamente não ando no caminho certo, preciso mudar de rumo... Até cheguei a pensar se não é melhor a gente estudar, pelo menos fazer média, ninguém precisa descobrir que a Terra é redonda, mas fazer média, passar sem muito susto, né? Sabe, já que tou na confissão, vou contar pra você que é minha amizade do peito real. Logo tenho 15 anos, tou no 9º ano. A gente veio junto desde o fundamental I, no ano passado relaxei mesmo o físico, não estudei, dei muita folga pra cuca, bem você me preveniu. Que você acha?

– A gente já conversou bastante, já bateu muito papo a esse respeito, né? Desde o ano passado, você mesmo lembra. Sabe, a gente é amigo desde que nasceu, pode-se dizer, amigo mesmo. Pois vou ser franca, eu não gosto do rumo que você está seguindo, tá? Eu acho que é certo aquilo que os velhos falam a respeito de amizades. Quando comecei a andar com a Maria do 8º B, você disse que ela não era amizade pra mim, lembra? Foi bom porque ela foi expulsa da escola. E deu bolo feio, né? Até os velhos em casa acharam bacana o que você fez comigo, me avisando. Sabe, Júlio, eu acho que agora tá na minha hora de avisar você, o Lauro não é bom cara, não, todos sabem disso. E é dos que tiram o corpo fora logo no começo do bolo, dá o fora e deixa a gente só, curtindo a encrenca.

– É, você tem razão, na hora do aperto ele escapa, é isso mesmo.

– Então se liberta dele, você não é escravo, sabe? Todo mundo diz que ele anda até metido com vendedor de maconha.

– Não sei por que a gente não fala com o diretor sobre esse cara que finge vender bala e passa os cigarros. Outro dia vi dois meninos do 6º ano, dois garotinhos, perto dele, ouvindo o que ele falava.

– A gente tá combinando um jeito, creio que vamos falar com os pais de Mariela, eles entendem tudo. A doutora Maria José é a presidente da Associação dos Pais, ela dá um jeito sem comprometer a gente. Sabe, a gente não quer falar diretamente, porque tem dois ou três da classe que já experimentaram.

– Poxa, é legal o que vocês vão fazer. Você, Márcia, é do peito mesmo, vou largar essas amizades e voltar na sua, tá?

– Vamos entrar? O professor de Matemática fecha logo a porta e nem que a gente entre ele põe falta. É pra criar o hábito da pontualidade, ele diz. Depois a gente continua o plá, tá bom?

– Vamos!

Mais tarde, depois das aulas, voltam juntos. Moram no mesmo bairro. Márcia na zona mais pobre, Júlio na parte rica, mas são amigos. Moravam na mesma rua até o pai dele melhorar de vida e comprar um grande apartamento.

– Sabe, Márcia, sou fraco, conto isso pra você que é amizade, vou sempre na conversa deles, não sei reagir. Se quero dar o contra, receio que eles pensem que estou com medo, entendeu? Quero sempre dar uma de forte, de durão. Ainda não parei pra pensar bem.

– É, a gente nem sabe pensar direito, vai fazendo, sei como é, e se tem algum com bossa de líder, a gente segue, né?

– Poxa, estou nesta deprê danada, merda pra tudo e todos. É isso o que sinto. Quem sabe se depois dos feriados me queimo na piscina, e se esse besta de sol resolver aparecer, daí eu me acalmo. Se continuar nesta onda acabo arruinado.

– Também não é preciso ficar assim, Júlio, que é isso? Você está com a luzinha vermelha acusando perigo, atenda o sinal e pronto.

– Fácil falar, mas é que... – para, quase ia contando à amiga o seu segredo, aquilo que o tortura há dois dias sem dar descanso e paz. Até emagreceu, não come, em casa está um inferno. Briga, responde, descarrega nos pais, nas irmãs, nas domésticas, todo o nervoso decorrente de seu ato, da acusação de sua consciência.

E não sabe como resolver a situação. Contar ao pai? O que ele vai dizer? À mãe? Ela vai chorar, só sabe chorar, coisa mais besta!

– Júlio, você nem escuta o que estou falando... Conta logo, o que você tem? Lembro de quando você fazia coisa errada e se escondia atrás das cadeiras ou debaixo da cama! Sabe, olhando você eu penso que você está se escondendo outra vez, hein? O que você fez?

Márcia pega no braço do amigo uns dez centímetros mais alto, magro, ar cansado, nem parece o Júlio competidor, com tantas medalhas. Ela sente dó, ele parece desamparado, lembra muito o garotinho da sua rua, quando desejava uma bicicleta. Agora, ele tem a moto, o pai está muito bem e a mãe faz tudo o que ele quer. Será bom, isso?

– Vamos, Julinho, conte pra mim. É só o caso da professora de História? Você parece estar com a cuca fundida.

– É, Márcia, tou mesmo. Em casa a coisa vai mal, mal mesmo! O velho parece não me aguentar mais, ando muito deprê.

– Júlio, não que eu seja a tal, sabe, mas olhe, vamos bater mais papo, como antigamente, quem sabe se você alivia a cabeça, tá?

– É que eu acho que preciso desabafar, eu acho mesmo. Hoje não, vou juntar os cacos e amanhã eu falo. Você... você tem tempo?

– Sabe, a gente até pode ir tomar Coca junto, tá? Não vai no barzinho do Neco porque a turma vai lá.

– Então eu levo você num perto de casa, e a gente conversa na calma, né?

– Até lá, paz. Olhe, só amor e paz, nada de fundir a cuca com maus pensamentos. Minha mãe diz "pensamento positivo". Ela diz que atrai tudo o que é bom só pensando naquilo que ela quer. Eu faço assim, mal acordo, digo: "Hoje é meu dia melhor, o melhor de minha vida, tudo vai dar certo, vou viver bem comigo e com os outros".

– E daí?

– Olha, cara, dá! Quando tenho um problema, penso nisso, tudo vai dar certo e pronto!

– Fácil, não?

– Bem, não dá certo se eu fizer coisa errada. O papo é outro. Pras coisas darem certo, precisam ser começadas certo, você sabe. Se você brinca na aula, acaba no corredor, não é?

– É, tou aprendendo depois de muita paulada na cabeça!

– Bem, então amanhã a gente se encontra onde?

– Sabe aquele barzinho Amigão? Aquele na avenida Heitor Penteado?

– Sei.

– Então, lá às cinco, tá?

– Tá, eu vou. Até lá nada de deprê, você promete?

– Prometo, irmãzinha.

No dia seguinte, dia normal. Aulas boas e cacetes, tudo normal. Uma cigarra apareceu cantando, o que distraiu um pouco a classe na aula de desenho, a professora camarada até gostou! "Há quanto tempo não ouço cigarra cantar, essa deve estar perdida. Cigarra nesta poluição de São Paulo!"

Márcia estudou, fez as lições, depois falou com a mãe, disse que ia bater um papo com o Júlio, que andava meio deprê.

Ele já estava no barzinho, um tanto descabelado, como sempre, e de longe ela viu como ele tinha um ar desamparado e triste. Que teria acontecido? É verdade que o dr. Leone, o pai dele, é um pouco ausente. Trabalha muito, tem várias obrigações, mas é bom. Gosta muito do Júlio, só que ele vive mais com a mãe. Nunca mais viu Júlio ir ao futebol com o pai, nunca mais foram a uma corrida juntos. Júlio com sua turma, dr. Leone e dona Magali com a deles... Seria essa ausência a causa de tanta tristeza?

Chega de manso e põe a mão no ombro do amigo, que dá um salto.

– Poxa! pensei que...

– Tá assustado, cara, pensou o quê?

– Nada, não, deixa pra lá. Você quer um misto-quente?

– Quero, você tem dinheiro?

– Poxa, deixa ver. Tenho sim, dá.

Vem o misto, a Coca, Márcia espera. Conhece bem o amigo, ele vai falar. Ela desde a manhã pratica seu pensamento positivo, vai dar certo, vou ajudar o Júlio, vai dar certo!

– Márcia, conto pra você porque você é legal, é amiga firme. Andei errando, sabe... Isso me deixa tonto, fora de mim, cuca fundida, tudo o que você achar. Tudo.

– Mas conta logo o que você fez, às vezes a gente pensa que a coisa é maior do que ela é...

– Antes fosse. Sabe, eu falsifiquei a assinatura de um cheque de 200 reais da velha.

Márcia sente um soco no coração, bem forte mesmo, poxa, por isso não esperava, isso é de pôr qualquer um na lona, se é...

Júlio olha firme para a amiga, esperando ver no seu rosto a reação provocada pela confissão. Ela procura disfarçar... bebe um gole de Coca, outro, quase o copo inteiro. Vai dar certo, pensa, ele contou.

– Por quê?

Júlio, que já não suporta mesmo sozinho seu problema, que precisa passá-lo adiante, conta tudo, desde as brigas com o pai, que encrenca com seus cabelos, com a desordem de sua roupa, com os maus modos à mesa.

– Eu faço de propósito, sabe, é preciso acabar com essas frescuras do velho. Depois a moto quebrou, eu precisava de dinheiro, ia competir com o Alfredinho, aquele cara do Morumbi, sabe? O velho não deu dinheiro e proibiu a mãe de dar, ela teria dado, mas ele proibiu. Então o Lauro falou de um cara que por 20 imitava qualquer assinatura. Você sabe, como a mãe é desligada, larga talão em qualquer lugar, peguei um cheque e o tal encheu ele. O banco nem deu pela história. Mas, eu, eu... – E Júlio abaixa a cabeça e fecha os olhos. Tem as mãos cerradas fortemente, ele está tenso, as pernas tremem debaixo da mesinha.

– Calma, Júlio, toma um gole de Coca, vamos, não fique assim. Que é isso, amigo? A gente dá um jeito. – Põe a sua mão na dele.

– Você acha mesmo, Márcia? Acha? Há um jeito de eu sair desta? Se sair, prometo não me meter noutra, prometo.

– Há, sim, Júlio, a gente não pode é ficar nervoso assim, aí então a cuca fica mesmo desnorteada. Vamos pensar juntos pra ver como a gente vai resolver esse problema. Vamos dar uma volta, vamos?

Saem os dois. A avenida é muito movimentada, procuram uma rua mais calma, sem trânsito.

Não falam, é preciso pensar, desta vez o negócio é sério e exige concentração.

Caminham uns minutos lado a lado. Márcia põe a mão no braço do amigo, que sente certo conforto com esse contato. Também parece que somente o fato de ter contado à amiga todo o seu erro diminuiu em parte sua preocupação, sua tristeza.

– Júlio, eu acho que o que você fez é bem errado, mas você também reconhece que errou porque está nessa deprê assim.

– Eu sabia, eu sabia que você ia achar muito errado, não esperava isso de mim, não é?

– Olha, Júlio, a gente erra, isso meu pai já disse que faz parte da gente acertar. É verdade que desta vez a coisa foi longe, mas eu acho que vai servir pra não errar mais tanto assim.

– Ah! isso você pode acreditar, nunca mais. Chega essa experiência! Mas o que não sei é o que fazer agora!

– O que você já pensou em fazer?

– Nada! Até agora tava na deprê, pensando em dar um sumiço na vida, nem sei, tou mesmo no fundo do poço!

– Ora, Júlio, o pior já passou, você teve a coragem de contar pra mim seu erro. Eu acho que se a gente erra e não conta é porque é orgulhoso demais, sabe? O orgulho fecha a boca e a gente quer dar uma de perfeito... é isso aí. Você sabe que errou, mas contou seu erro pra mim, desabafou.

– Você fala assim pra me animar.

– Falo não, Júlio, que adianta mentir pra você? A gente precisa dar um jeito da sua mãe saber tudo.

– Isso não sei se vai dar certo, não. Ela vai contar pro pai e depois...

– Júlio, o problema é seu, a gente sabe bem que cada um gosta de resolver os próprios problemas, mas você tá aqui contando eles pra mim, vê? A gente é amigo como irmão, você é meu irmão, eu não tenho nenhum. Você me ajudou no caso da Maria. Ajudou muito. Me deu apoio. Agora, eu quero ajudar você. Eu acho que você precisa contar pra sua mãe e aguentar as consequências. Se o velho der bronca, é uma bronca merecida e você sai dessa. Promete melhorar, melhora e pronto. É bom pra você mesmo.

Caminham mais um pouco, a tarde é gostosa, pássaros vão dormir nas árvores, barulhentos. O sol ainda brilha.

Márcia sente o problema do amigo, sofre. Conhece bem os pais dele. São bons, a mãe, muito atenta, participa com certo excesso, porque Júlio é o único filho homem e o mais velho. O pai, antes tão amigo, agora sempre avesso, contra as falhas do filho. E Júlio não é mau, pensa Márcia. Um pouco fraco, segue muito os outros, apesar de sua aparência física. Tão atleta, vence sempre nos campeonatos, ganha medalhas e troféus para o colégio, mas é fraco na vontade. Será fraco ou estará atravessando uma crise? Falam tanto da crise da adolescência! Será esta? Se seu pai pudesse compreender...

– O que você está pensando, Márcia? Está com raiva de mim?

– Ora, bobo, deixa disso. Tou é pensando num modo de você sair disso tudo e começar outro caminho. Olha – param uns instantes –, olha, Júlio, você tem que deixar a amizade do Lauro, ele é amigo da onça, isso sim.

– É, já tinha pensado nisso.

– Sabe, eu vou pensar. Amanhã a gente conversa melhor, tá?

– Tá.

– Até lá nada de tristeza, pensamento positivo. Sabe, você é bom, o que tá acontecendo é isso que já disse, o Lauro e outros probleminhas. Sabe, se eu fosse você dava um jeito no cabelo. Não é pra cortar não, ele tá bacana assim. Acerta as pontas, lava ele, escova... Também, sabe, essa roupa sempre suja de graxa da moto, troca ela pra sair, deixa um macacão velho na garagem, tá?

– Tá, mãezinha, tá, você é um amor.

– Bem, Júlio, até amanhã. – Beija-o no rosto. – Poxa, nem lugar limpo pra te beijar direito tem... Tchau.

Júlio vai para casa, mais alegrão, chutando pedrinhas, dá um salto para pegar um ramo de flores amarelas e ao chegar em casa grita pela mãe: "Mãe, trouxe uma flor pra você".

8

– Marina.

– Que é?

– Hoje tem ensaio?

– Tem sim.

A peça já ia pelo meio, uma peça que a turma do teatro escreveu, cheia de criatividade, muito interessante mesmo, como afirmavam no recreio. Vai ser um sucessão!

– O professor Cardoso gostou?

– Ele não viu nem dá palpites. É trabalho só do grupo. Vocês vão ver depois.

– Que dia?

– Tou programando pra outubro, antes das provas.

– Só pros alunos?

– Primeiro, sim – diz Tami. – Depois, sabe, nós partimos para um público maior.

– Ah!

Havia risinhos.

– Vocês riem? É porque desconhecem nossas possibilidades artísticas.

– É tragédia, drama, telenovela?

– Que telenovela! Estamos em televisão? É arte dramática.

– Tami toda empinada, ar de maneca, anda ultimamente com jeito de mulher fatal.

– Que história é essa de mulher fatal? – pergunta Danilo.

– Mulher fatal – explica Mônica – é assim, sabe, daquele jeito.

– Poxa, é mesmo?

– É, é tal e qual a Tami.

– Tami, você é mulher fatal?

– Não posso dizer, meu papel na peça é muito importante, mas é segredo, sabe?

– Poxa, pois tou arrependido de não ter entrado nessa joça.

– Joça? Grupo teatral T. E. 9º ano C.

– Que quer dizer isso?

– Teatro Estudantil 9º ano C.

– É verdade que vocês vão ganhar nota por isso?

– Sim, vale como ponto para Português.

– Poxa, e eu que vou mal, dá um jeito de eu fazer qualquer trabalhinho, tá?

– Você quer mesmo?

– Tou querendo.

– Sabe, a gente tá pensando em arranjar um extra.

– Que é isso?

– Ué, você não entende a linguagem teatral? Extra é tudo que não é artista, tá?

– Bom, e ganha nota o extra?

– Ganha.

– No duro? A nota é igual à das estrelas?

– Certo, é só ir aos ensaios, marcar presença e ganha nota.

– Tá bem, eu vou. E o que o extra faz?

– Não posso contar aqui, é segredo profissional, sabe? Vá ao auditório às 4 horas. Amanhã a gente conversa, tá?

– Tá, amanhã tou lá, fala com o professor.

– Não é preciso. A Marina é diretora e eu, secretária. Aceito você como extra, não precisa falar mais com nenhum cara.

Tami se levanta da banqueta e caminha consciente da sua responsabilidade como estrela.

– Poxa! Ela parece artista mesmo! Bacana!

– Márcia, ó Márcia, vem cá.

– O que deseja a Miss?

Gabriela era conhecida assim por Miss porque num concurso, ainda no 1º ano, ganhou o voto das colegas e, apesar de perder na votação final, ficou com o título entre as amigas.

– Venha cá.

Como sempre, está com seu colega, seu fã Danilo. Onde um vai, o outro está atrás.

– Gabriela, você já leu o livro que a professora de Português recomendou?

– Danilo leu.

– Ué, Danilo é você? Pergunto se *você* leu.

– Ele leu e conta pra mim, não é, Danilinho?

– É, eu li e conto. Gaby, posso ir na sua casa depois pra contar a história?

– Pode sim, eu preparo um lanche, tá?

– E você, Márcia, leu?

– Sabe, eu não tenho nenhum secretário... então, que fazer? Já li, e até gostei, sabe?

– Azar seu, né, eu e Danilo fazemos as lições juntos, ele lê, faz Ciências e Matemática, eu História, Ciências Sociais, Ginástica.

– Ué, desde quando Educação Física tem lição de casa?

– Bem... eu faço ginástica todos os dias e Danilo faz as lições.

Risadas.

– Por que você quer saber se eu li o livro?

– Sabe, estou em dúvida quanto à mensagem do tal e gostaria de saber a sua opinião.

– Bem, pelo que li, a conclusão que podemos tirar é a seguinte: ninguém vive sem amor!

– Ué, eu não vi nada disso, não – diz Martha. – Como você descobriu isso?

– No meu coração.

– É, mas a gente fala de romance e não de anatomia.

– Que é isso?

– Você é bem quadradinho, Marco. Anatomia estuda a gente, o homem, sabe?

– Ah! Eu me interesso é pela mulher, tá? Não quero nada com homem.

– Poxa! Você é analfabeto de pai e mãe. Quando falo *homem*, quero dizer os reis da criação, como diz minha avó.

– Por que toda essa discussão, posso saber?

– A Márcia tá querendo saber, Júlio, qual a mensagem do livro que a professora de Português mandou a gente ler...

– Expressinho mandou ler algum livro?

– Você é desligado mesmo. Há um mês que ela vem falando pra gente ler o livro, analisar, fazer a ficha, responder o questionário.

– Chega. Tudo isso pra quê?

– Pra gente ilustrar a cuca! Pra que você estuda?

– Sei lá, porque tou na escola.

– O que você pretende ser na vida? Sem estudos a gente fica burro, né?

– É, assim fala o velho, mas eu descobri o boletim dele, sabe? E as notas eram pra baixo, assim!

– Boletim?

– Sim, não era caderneta, não. Na pré-história, boletim, um cartão dobrado no meio com as notas. Com comportamento 5 – sofrível. Notas 5, 4... O velho não era o herói, como ele pinta o quadro, não! Pinta brava, isso sim. E, sabe, agora ele é uma enciclopédia, tudo o que eu pergunto o cara sabe, até datas. Tudinho. Não sei como ele conseguiu tanta sabedoria.

– Eu tou sempre dizendo, ninguém acredita, na escola a gente não aprende nada.

– Então onde aprende? Conta.

– Com a vida.

A rodinha já era grande, uns dez a participar, a ouvir.

– Quê? Com a vida?

– Sim.

– E onde é isso? Essa escola?

– Por aí, a vida, a grande mestra.

– Nossa! Depois que a Marina é diretora de teatro, só fala como artista. Fala difícil.

– Isso tá na peça?

– Não posso falar, é segredo. Conta uma coisa, qual é a mensagem do livro? Não tive tempo pra ler ele!

– Mas você tem nota, não tem? Quem faz teatro, tem.

Todos os professores tinham apelido. Expressinho, a professora de Português, porque mal entrava na classe começava rápido "*Time is money*, tempo é dinheiro, os minutos que passam não voltam mais, nada de perder tempo, dou dez minutos pra fazer a redação".

Reformador, o de Moral e Cívica, porque em todas as aulas, sobre todos os assuntos vinha sempre o mesmo argumento: "Se eu fosse o presidente", "Se eu fosse o ministro da Educação", "Se eu fosse astronauta" e... lá vinha a reforma. Para ele tudo andava precisando de reforma.

– O que disse o Reformador?

– Ele disse que quem ler o tal livro recomendado pela professora de Português ganha também nota em Moral e Cívica. Sabe, agora tudo é em conjunto, a gente sai de um, cai no outro, não tem escapatória, não!

– Poxa, toda reforma que fazem na escola é azar pra cima da gente. Eu tenho a impressão de que o ministro da Educação, os diretores, sei lá, todo mundo que lida com os estudos não gosta dos estudantes.

– Deixa pra lá essa, cara, o plá é a gente estudar. Quem estuda aprende, quem aprende sabe, quem sabe...

– É sábia! E eu, eu quero casar, ter quatro filhos, dois homens, duas mulheres, pra que tanto estudo?

– Pra educar os filhos, né? Mãe analfabeta não pode educar os filhos. Nem conversar com o marido. Fala só de cri-cri, como já disse, cri-criada, cri-criança.

– Ué, e não chega?

– Sabe, a mulher agora é companheira do homem.

– Isso mesmo, Gisele.

– Então, eu vou ao cinema com meu marido, ao futebol, dançar.

– É, mas quando ele for falar de uma coisa difícil que leu no jornal, você não pode participar, é burrinha!

– Isso mesmo, Mônica, a mulher precisa, no mundo atual – vejam só como falo difícil – no mundo atual, estudar. Nós, as mulheres, vamos construir o mundo.

– Como? Vão ser todas pedreiras?

– Meu Deus! Como é difícil lidar com ignorantes, construir o mundo é... é...

– É o quê?

– Espera, né, preciso ajuntar o pensamento na cuca, é...

– Eu sei, Gaby.

– Então ajuda, Danilo. Por que já não disse?

– É que a gente participa cada um, sabe, vou dar um exemplo. Faz de conta que a vida é um muro, né? Pra dar tudo certo, cada um põe um tijolo, todo mundo vai fazer ele.

– Entendeu?

– Quase. E, antes, só os homens é que eram pedreiros?

– Sabe, antes, no tempo dos velhos, os homens estudavam e as mulheres ficavam em casa.

– Isso não, minha mãe é médica.

– E a minha, professora.

– A minha é enfermeira.

– Eu acho que não eram todas que estudavam não, como agora. Poxa, lá no prédio em que eu moro, eu chamo de museu, tem tanta velha, que até assusta descer no elevador. Pois não é que dei pra encontrar duas, três, com cadernos e livros, falando de provas, de lição de casa? Perguntei pro seu Zé, o zelador do prédio, e ele disse que elas fazem Supletivo.

– Mesmo?

– Bacana.

– Você acha, Camila?

– Então não é bacana ver uma pessoa idosa estudar? Podia ficar vendo televisão...

– Tá certo, isso mesmo. Elas estão construindo o mun-do, não é?

– Sim, e pondo os tijolinhos um em cima do outro, bem certinhos.

– De onde vem esse plá?

– A Márcia perguntou pra Gaby se ela leu o livro e qual a mensagem.

– Eu sei, discuti o assunto com meu pai e com meu irmão mais velho.

– Então conta logo, só tem cinco minutos pro sinal e a primeira aula é do Zerô.

– O livro fala de amor.

– Até aí, a gente sabe.

– Pra gente arranjar namorado, amar? Bacana.

– Não, do amor dos homens.

– Que é isso, gente? Isso, que eu sei, é...

– Poxa, você é quadrada, Gaby. Homens, humanidade, nada do que você pensa. Meu irmão disse que é bonita a mensagem do livro, muito importante, todos os homens devem se amar independente de raça, de classe, de credo e de cor!

Ninguém fala, há um certo silêncio na turma. Tentam compreender.

A campainha soa alto no prédio, ecoando por todo o pátio: *berrémmm...*

– Tchau, fica pra depois, tá?

– Vamos?

O Zerô, com ele ninguém brinca não, anda sempre com cara amarrada, mal diz bom-dia, não sorri, não admite uma brincadeira nem interrupções. Vai dando a aula e se alguma mosca zumbe, ele dá zero para a classe inteira, daí seu apelido: Zerô.

Batem na porta, timidamente, todos olham, ninguém fala nada.

– Abra a porta, Álfio.

Álfio obedece.

– Posso entrar, professor?

– Não, Marcelo, já fechei a porta, o sinal avisou alto no recreio.

– Eu tava no reservado, professor.

– Fazendo o quê?

– É, é...

E toda a classe em suspense, sem poder rir.

– Ontem eu comi camarão, fez mal, o senhor entende. – E ri amarelo.

– Fazendo gracinha, Marcelo?

– Não, professor, é dor de barriga mesmo.

A classe explode, ninguém aguenta, Zerô pega a caderneta.

– Se não pararem neste segundo com esses risos mais inadequados, dou zero mensal para a classe toda. Entre.

Marcelo entra. Que fazer? Se pudesse sumir! Pra onde?

A aula começa.

– Como vocês viram na última aula, se tomarmos dois ângulos...

Cinquenta minutos em que a mosca nem podia zumbir e muito menos Marcelo tinha coragem para ir lá fora. Suava frio. Eta camarão estragado, será que a cozinheira não sentiu o cheiro?

A campainha soa, ninguém quer ficar um segundo a mais na aula do professor chato. Se fosse o de Português, o Cardosinho, era só pedido de informações, conselhos. Com o Zerô, nem uma palavrinha.

Marcelo corre para o lavatório; a turminha da manhã se reúne perto da sombra do abacateiro, que o sol é forte, bravo. Queimar-se, só na piscina!

– E onde está o nosso filósofo?

– Lá vem ele.

– Ô cara, acaba de contar o que teu irmão falou.

– O que o irmão dele falou?

– Escuta só. É uma coisa bacana a respeito do livro que a gente leu.

– Que livro?

– *Justino, o retirante*. A Expressinho mandou ler e analisar. Ela perguntou qual a mensagem do livro.

– Qual é?

– Você leu?

– Não, tou começando, vou comprar hoje.

– Poxa, é pra amanhã a explicação.

– Carlos, conta a história logo, assim eu não preciso ler.

– Deixa lembrar. Ele disse que todos os homens são irmãos, né? Branco, preto, amarelo, verde, vindo da lua, católico, macumbeiro, espírita, sei lá, aqueles que cantam nas ruas, brasileiro, francês, russo. Todo mundo!

– É essa a mensagem? Escrevo isso e ganho dez. Seu irmão garante?

– Deixa ele falar o resto.

– Aí eu perguntei pra ele se isso é verdade mesmo, porque a gente faz diferença: preto diferente do branco, rico diferente do pobre.

– Aí é que eu quero saber o que ele respondeu.

– Ele explicou que, se na maternidade, na sala onde as mulheres têm criança...

– Sala de parto.

– Ué, você sabe, Tami? Já usou ela?

– Engraçadinho, meu pai e minha mãe são médicos, viu?

– Assim ele não acaba e tchau o 10.

– Ele disse que, se na sala de parto – tá bem, queridinha? – tiver uma mulher branca, uma preta, uma índia, uma japonesa, e do lado de fora, noutra sala, os pais, esperando os filhos nascerem, quando uma criancinha nascer e chorar lá dentro, nenhum pai do lado de fora vai saber qual foi o filho que chorou, qual nasceu.

– Verdade?

Estão perplexos, quase assustados. É verdade aquilo? Deve ser, foi o irmão do Carlos quem falou, e ele é filósofo, assim diz o colega, fez faculdade.

Por segundos, silenciam. É uma coisa pra gente pensar...

– Ui, isso até esfriou minha espinha. Não será onda do teu irmão?

– Não.

– Então, então não entendo. Agora é que a cuca fundiu.

– Virou massa cinzenta como a dos velhos?

– É, fundida mesmo.

– Que vocês acham dessa história toda?

– Meu irmão estuda isso, ele sabe e não mentiu. Ele disse que a mensagem do livro é bacana, mensagem de amor entre os homens, que a gente tem obrigação pra com os outros.

– Eu, por exemplo, tou sempre carregando os cadernos da Fúlvia.

– Ah!, flor, ela é sua namorada! Que vantagem!

– Sabe, no livro a gente vê que Justino sabe disso, quase não pensa nele, ele não diz "Vou ser médico pra ganhar dinheiro e comprar um carro e ficar rico". Ele fala que quer ser médico pra tratar das criancinhas, dos vermes delas, não é?

– Bacana! Será que tem gente que é assim?

– Meu pai disse que nós, os jovens, sabe, ele disse que a gente vai viver no século XXI, e que o século XXI vai ser bom, se a gente construir ele bem, se a gente lutar pela paz...

Berrémmm...

– Poxa, a gente nem pode bater um papo direito, instrutivo!

– Cara, por que amanhã, na aula da Expressinho, você não acaba? A gente pede pra ela deixar você acabar, tá?

– E a nota? Eu preciso de cinco.

– Boa bola, chutou bem, amanhã a turma pede pra Expresso, e depois a gente escreve o que entendeu desse plá todo.

– Então, vou hoje bater um papo com meu irmão sobre a mensagem do livro. Eu digo que vocês gostaram...

– Como sempre, alguém atrasado. Não ouviram o sinal?

– Desculpa, né? Sabe, professor, no mundo todos são irmãos.

– E isso é motivo para entrarem atrasados? Na próxima vez não abro a porta.

– Poxa, que irmão!

– Engraçadinho! Palhaço de circo! Aqui, quero atenção. Quem quer falar sobre a serra do Mar? Trouxeram as ilustrações? Procuraram nas revistas?

E, lá fora, bem longe, a serra do Mar continuava no mesmo lugarzinho. Desde quando? Quantos meninos falavam sobre ela? Quantos?

– Você, Carlos, está sonhando? Mostre o material que você trouxe. Por que existe a tal serra do Mar? Por quê?

9

– Jopa!

– Que é, velho?

– Você outro dia falou do remédio, seu conhecido.

– Ah! O tal "bate-papo".

– Sim – disse Júlio. Coça a cabeça, onde os cabelos estão mais ajeitados. Desde a conversa com a Márcia, sua aparência melhorou. Troca de roupa, penteia os cabelos, lava as mãos. – Ando atordoado, meio lelé da cuca, sei lá.

– Que é isso, cara? Não desanima assim, que a deprê aumenta.

– Se ela aumentar um centímetro, não saio mais, afundo. Já estou quase largado na onda. Subo e desço. Se não fosse a Márcia, palavra, tava pior!

– É, a Márcia é bacana mesmo! – Olha o amigo. Júlio não tem bom aspecto, pálido, olhos assustados. Seu tique nervoso de roer as unhas aumentou, agora não tira o polegar da boca, sem se importar que reparem ou não.

– Júlio, o diálogo é um bom remédio.

– Tá bem, vou ver se consigo tomar ele, mas o velho é fogo, sabe? Ele não aceita nada, já vem por cima da gente com gritos, chama a gente de preguiçoso, de cabeludo, sei lá.

– Ouça aqui, Júlio, não sei não, às vezes a gente acusa, culpa os outros pra tirar o corpo fora. Já fui assim, agora ultrapassei, tou na minha, aguento. Depois da aula a gente vai junto, tá?

– Tá bem, espero.

– Bem, a turma tá entrando. Vamos, Júlio.

Depois da última aula se encontram e se desviam do caminho rotineiro para fugir da turma.

– Jopa, desta vez falo sério mesmo, tenho vontade de embarcar.

– Também eu às vezes tenho vontade de tomar um navio, olha, uma canoa também serve.

– Não brinca, cara, você tá brincando e é troço sério. Não falo dessa embarcação, falo de sumir, né? Sumir desta transa toda.

– Júlio, você já disse que tem vontade de subir na moto e sumir. Seu velho anda dando muita bronca?

– Até que não mais, também não dou confiança. Desde aquela noite do jantar, ele vive a dele e eu a minha, tá? Cada um na sua.

– E sua mãe?

– Com ela, não. Quer ver gente legal é ela. Às vezes é um pouco quadrada, mas procura entender antes de criticar. Legal mesmo.

– Por que você não se enquadra com seu pai?

– Sei lá, ele critica tudo.

– Tudo o quê?

– Te explico. Se ligo alto a televisão e é um pouco tarde, ele diz que tem que trabalhar e que eu preciso acordar cedo. Manda desligar e subir. Se a moto ronca muito, se as notas vêm baixas...

– Ele diz o quê?

Param num bar.

– Aqui, sabe – diz Júlio com voz baixa –, tem um cara que trapaceia a erva.

– Você anda preocupado demais com esse assunto, colega. Não é bom, não, melhor é desviar desse caminho.

– Ô cara, você pensa que sou fraco? Olha só os músculos do Tarzan, olha. Se eu quiser experimentar, experimento, e depois eu largo. Não sou mais criança. Minhas encrencas com o velho são porque ele me trata como criança, sabe?

– É, você tem bons músculos mesmo. As meninas acham você um Tarzan, mas, sabe de uma coisa, Júlio? Só o físico não adianta, o físico não é tudo. A gente confia nele e ele às vezes falha. Com essa história de tóxico, o melhor é não brincar, acho difícil começar e largar.

– Você acha?

– Ué, usa a cuca. Se o físico fosse tudo, não tinha viciado forte, com saúde. Todos acabam doentes e fracos, mas muitos começam bem fortes, até campeões. Sabe, o tóxico tira da gente o que o homem tem de melhor.

– O quê? O físico?

– Não, a vontade. A gente perde a vontade, quem manda é o vício.

Caminham juntos, Júlio pensa meio inquieto. João Paulo conhece bem o amigo e sabe esperar.

– Sabe, Júlio, às vezes tenho notas más, noutro mês subo, meu pai já disse que pareço elevador.

Dão risada. Júlio descontrai-se um pouco.

– Ele dá bronca grande?

– Sabe, meu pai é mineiro, calmo, veio da fazenda. Não fala muito, espera as coisas juntarem... Mas eu conheço bem ele e não dou chance, não, das coisas amontoarem.

– É, mas o meu fala demais, sabe?

– Com todo mundo?

– Não, só comigo. Com as meninas é só queridinha pra cá, pra lá. Acho que sou enjeitado. – E chuta com raiva uma tampinha. – Eta cidade suja, ouvi dizer que na Suíça é tudo limpo, só vendo, nada de tampinha na rua.

– Júlio, sabe o que tá faltando pra você e pra seu pai? Conversarem. O meu remédio é ótimo para essa doença.

– Qual, o velho não admite nada, já vem com bronca.

– É tanto assim?

– Sabe, quero dizer, não gosto de mentir, tenho muitos defeitos mas esse não, pra ser sincero, eu também não admito nada. Sabe como é, a gente não se liga muito, ele fala, a transa dele é uma, eu falo, a minha é outra. Tudo desencontrado mesmo, como na música "Você pra cá, eu pra lá, trá-lá-lá"... Até chego a pensar que ele não gosta mais de mim. Sabe, vou abrir o peito pra você. Eu sofro, eu... sinto isso, tá? A gente ia ao futebol juntos, torcia pro Palmeiras, era legal, quando teve corrida de automóvel em Santo Amaro ele me levou, só eu e ele, ele me ensinou a jogar xadrez e até deixava eu ganhar. Você sabe que eu jogo bem xadrez? Já competi no clube, ganhei de uns coroas, o velho se derreteu todo. Agora, nem jogo mais, nem ele me convida. De repente, tudo virou do meu lado, não acredito em mau-olhado, mas tou com vontade de me benzer. É só bronca pra cima de mim. Procuro desligar mas não consigo, fico como uma pedra, afundo logo, entro em deprê, acho que sou culpado também, não facilito nada, pareço uma taturana, encostou a mão queimo! Tou te enchendo com meu plá?

– Que é isso? Peito amigo é pra essas ocasiões.

– Então, continuo. Você e a Márcia me entendem, sabe? O negócio é que o velho, meu pai, sempre foi esforçado, ele veio do nada, lutou muito, sabe, o pai dele, meu avô, morreu quando ele tinha 12 anos. Trabalha desde os 12 anos! Então, dá muito valor ao tempo, aos estudos, com 22 tava formado em Direito.

– Bacana, não? Tudo o que a gente consegue com esforço vale mais, não é?

– É, você tem razão. Na última competição de 100 metros, aquele cara que veio competir pelo Colégio Estadual, lembra? Poxa, como eu gostei de ganhar dele, o tal foi mesmo bacana, parecia voar na piscina.

– Sabe, Júlio, eu acho que você tá precisando só de uma coisa.

– Fala, amizade.

– Conversar com seu pai, conta pra ele tudo o que você falou agora, conta pra ele de sua fossa, tá? Ele vai entender.

– Você acha?

– Falo como irmão, você tá precisando é de um bom papo com teu pai...

– Vou pensar no caso.

– Ora, Júlio, tenha medo não. Medo do quê? Meta os peitos como faz nas competições, amigo. Tchau, amanhã você me conta, tá?

– Vou pensar.

Depois de se separar do amigo, Júlio deu uma volta bem grande pra chegar tarde em casa, depois de todos já terem almoçado e o pai saído para o escritório. Encontrou recado da mãe, que também precisara sair, as irmãzinhas na escola. Estava, pois, só.

A copeira serviu-lhe o almoço e ele procurou o quarto, jogou-se na cama e lá ficou curtindo seus problemas, sem chegar a uma conclusão. Se Márcia tivesse telefone, bateria um papo com ela. Mas somente à tarde poderia procurá-la.

Deixou-se ficar por lá, sem vontade de nada, não ligou o rádio nem o toca-discos, sentia tudo vazio, sem sentido.

Pensa nas suas conversas com João Paulo e Márcia. Os dois têm o mesmo ponto de vista, o mesmo plá e parecem estar contentes com a vida, sem muitos problemas. Não se metiam em complicações, viviam bem com todos, não eram puxa do professor e tiravam notas que davam para passar, em algumas matérias até eram ótimas.

O mais importante disso tudo é que eles não são quadrados não, estão sempre presentes, participam na escola. Jopa pertence ao grupo teatral de Marina!

Júlio não acha posição cômoda, vira de um lado, de outro, afofa o travesseiro, procura aconchego; está mesmo sentindo muito a solidão. Lá nos fundos da casa, a cozinheira ligou seu radinho de pilha, que berra: “Eu amo você, você me ama, nós nos amamos”. “Acho que quem fez tal letra estava aprendendo a conjugar o verbo *amar*...” Barulho de porta abrindo, ouve e reconhece os passos da mãe. Ela voltou cedo.

– Júlio... onde você está?

Melhor fingir que dorme? Ela vai se assustar.

Batem na porta e abrem-na.

– Ué, você está deitado? Doente? Tem febre? – Aproxima-se, encosta seu rosto no do filho. – Não, quente não está, que você tem?

– Cansado, dor de cabeça.

– Você não anda bem, já falei pra seu pai, você precisa ir ao médico e fazer um exame. Às vezes é esgotamento.

– Não, mãe, não é nada, não. Não se preocupe.

– Júlio, não é preocupação, é cuidado, é amor. Os filhos crescem e pensam que o carinho, o amor dos pais acaba só porque não precisam mais das mamadeiras, das fraldas secas, da papinha na boca.

– Não é isso, mãe. Tou bom, não tenho nada. Tou cansado.

– Você tem treinado?

– Não, mãe.

– Acho que o treino está fazendo falta, você precisa voltar à natação, o tempo anda bom.

– Tá bem, mãe, agora vou estudar.

– Você, meu filho, não quer nada mesmo?

– Obrigado, mãe. Olha, se o Lauro, aquele colega, telefonar é pra Benedita dizer que não estou. Avisa a Tila, as meninas, o pai, não tou nunca pra ele, tá?

– Está bem, filho. – E a mãe o beija, pensativa.

Júlio senta-se à mesa, abre os cadernos, olha pela janela que dá para o quintal, vê uma árvore florida, um sabiá, pensa na piscina. A mãe tem razão, precisa voltar a nadar, a treinar os músculos. Estão um pouco fracos, se competir vai perder na certa. Amanhã tenho aula de – olha o diário – de Ciências, de História, analisar o livro... e ainda não li nem a metade. Acho que vou acabar. Tou gostando dele, que menino bacana é o Justino, esforçado, dando duro, será verdade tudo aquilo? Ou imaginação da autora? Poxa, se eu fosse o Justino também ia estudar pra ajudar a melhorar o Nordeste.

Para nesse pensamento... Se eu fosse o Justino... ué, pô, eu sou brasileiro também, não sou? Então, que negócio é esse de se eu fosse ele? Eu também posso ajudar, eu acho... eu acho que a gente tem obrigação.

Depois leva um susto com a própria ideia. Mais uma obrigação não, não é trouxa, vai estudar para passar mas quer aproveitar a mocidade, imagine gastar seu tempo todo em estudos, não é trouxa. Em todo caso, precisa acabar de ler o livro, resumir. Ah! Eu leio e vou procurar a Márcia, a gente bate um papo, isso mesmo, vou ler.

Deita-se, toma o livro e começa a ler.

10

– Gaby?

– Alô, cara, como vai de estudos?

– Nem me fale, afundo cada vez mais. Não é que o professor de Francês, aquele chato que mais parece uma múmia, me deu quatro? Quatro e eu respondi muito bem tudo o que ele perguntou, até fiquei admirado comigo! Imagine, eu preciso de oito. Que faço com quatro?

– Multiplique por dois. É a metade, não? Metade de oito é quatro, aprendi isso com a matemática moderna...

– Você dá risada porque não sabe o tamanho da minha desgraça.

– E agora, que você vai fazer? Como se livrar dessa?

– Sabe de uma coisa? Preciso me distrair, senão funde minha cuca. Você vem bater um papo hoje, vem? É dever de todos ajudar os que sofrem.

– Não é melhor você estudar?

– Estudar sábado à noite? Não, estudo na segunda-feira. Já prometi que vou começar vida nova na segunda-feira. Semana nova, vida nova.

– Ô, esse papo não gruda mais, você me fala dessa mudança todos os meses quando vai mal.

– Poxa! Você tá parecendo minha mãe. Deixa o sermão pra lá, vem ou não?

– A que horas?

– Nove.

– Não sei, meus pais vão sair.

– E daí? Eles vão aonde? Você vai *aussi*?

– Que é isso? *Aussi*?

– *Junto também*. Estou praticando francês. Como vê, falo bem, e ele me deu quatro, aquele chato. Parece múmia, fóssil!

– Bem, não vou *aussi* não, eles vão à reunião do Lions, jantar de coroas.

– E você, aonde vai com essa beleza toda?

– Estudar e dormir cedo.

– Ah! Nessa não caio.

– É sim, ordens maternas.

– Em que século estamos? Nos estertores do século XX ou no começo do século XVIII?

– Estertores? É outra palavra francesa?

– Não, é que abri o dicionário que está na mesa e bateu em cima de estertor – convulsão da morte, etc., etc.

– Pô, pensei que fosse francês. Bem, a ditadura aqui de casa diz assim: Gabriela não pode sair quando os pais estão fora, ponto-final, sem discussão!

– Como você é dócil, menina!

– Você acha?!

– Fosse comigo, eles por uma porta e eu por outra.

– Tá certo?

– Bem, certo ou errado, não sei, sei que faço assim.

– E eles não desconfiam?

– Qual, entram na transa, volto cedo, deito e quando eles chegam encontram o maior anjinho da paróquia, dormindo.

– Eu, eu...

– Eu sei, você tem medo, não é?

– É!

– Sabe, eu não gosto de ser comandado, gosto de escolher o meu caminho, sou independente.

– Danilo, você nunca recebe bronca de seus pais?

– Ué, e quem disse que o Batman aqui tem medo de bronca? Depois, é só ser esperto, fazer as coisas direitinhas, na hora certa estou em casa. Cinderelo, na hora certa! Nem perco o sapato, tá? Sabe, cara, a gente aprende a viver. Espero você, vai ser legal, tem um cara americano que já fez umas experiências bacanas, ele vai contar o que sentiu.

– Escuta aqui, ele vai levar... levar...

– Não, não é traficante não, ele vai contar as experiências. É filho de um dos mais, tem um carro envenenado, só vendo. É do Rio, veio passar uns dias aqui, em casa de amigos.

– Essa conversa não tem perigo?

– Que perigo, menina? Então, se tivesse, eu, seu colega, ia convidar você? Ora, confie aqui no papai. É só bate-papo. Você vem, não é? Tchau, até às nove, tá bem?

– Não sei, não prometo.

– Que é isso? Espero você.

Desligam, o telefone emudece. Nesse sentido é bom, fala ou cala à vontade do freguês!

Gabriela pensa, torna a pensar, funde a cuca. Pior que as notas baixas é ficar em casa, no quarto. Pode ligar o rádio, estudar com música, mas já notou que a própria música, às vezes, aumenta a solidão!

Se pedir, a mãe não vai deixar, está de castigo. Queixas do colégio, notas péssimas, brigas em casa, nada de positivo. Horóscopo a dizer azar pela frente! Como se ela fosse culpada de tanto desequilíbrio! No colégio não vai bem porque não afina com o professor de Francês, ele é chato mesmo – magro, alto, um bigodinho de Carlitos, usa óculos sem aro. E a professora de História, complexada, a espalhar pela classe suas gorduras, esbarrando em tudo, como uma baleia espadanando água. Se fizesse plástica, podia tirar dois quilos de banha de cada lateral...

Professor legal, só mesmo o de Educação Física, um gato, alto, um metro e noventa de elegância, e bacaníssimo. As colegas estavam todas gamadas por ele! E o de Português, o Cardoso.

Como estudar numa escola de gente assim escolhida uma a uma como candidatos a prêmio de antipatia? A classe estava disposta a pedir que mudassem os professores, se não fosse haver uns tantos que não combinavam. Uns puxa, isso sim.

Gabriela se estica na cama. É melhor abrir um livro, daí a pouco vem a mãe e é bronca na certa.

O ambiente anda péssimo. Se um fala, o outro diz amém, sem ver quem está com a razão! Nem aceitam defesas. Falaram? Tá falado.

Gaby tem a impressão de que colocou uns óculos escuros e através deles vê o mundo. Não há azul no céu nem verde nas plantas. Tudo preto!

Revolve-se na cama, desanimada, seu quarto mais parece um balcão de loja depois de uma liquidação: roupas pelo chão, na cadeira, um sapato na entrada perto da porta e o outro perdido, onde?

Passa o olhar, cheio de tédio neutro, pelo tapete florido, pela cortina, pelos móveis modernos, gavetas abertas vomitando seu conteúdo, armários, livros, almofadas num caos total. Também, para que tinham quatro empregadas? Cozinheira, arrumadeira, copeira e lavadeira. Elas precisam trabalhar! No seu quarto encontram pelo menos duas horas de serviço. Cada um na sua, ué! Elas trabalham, eu estudo também umas duas horas, né?

Enfia a cabeça debaixo do travesseiro, aumenta o volume do rádio ao máximo, talvez assim passe a fúria não sabe do que nem contra quem. Pensando bem, isso sabe, contra os pais, ou melhor, contra a mãe, que o pai, esse é teleguiado. Ele segue tudo o que ela afirma e indica como certo.

Como será a vida das outras meninas? Como será sua própria vida mais tarde? Casar? Ter filhos? E eles, por sua vez, viverão nesse tédio?

Rapidamente pensa numa e noutra colega cujo comportamento se diferencia do restante. Para elas todo dia tem um quê de festa, de surpresas, o saco de Natal onde Papai Noel arranca, entre gritos de felicidade, a alegria de viver! Sim, há algumas que são felizes, alegres, aproveitam o fato de serem adolescentes, jovens. Participam.

Gaby volta ao primeiro problema. Como fazer? Ir à festa? Sem permissão? Hoje é o jantar de gala do Lions, e lá no guarda-roupa está o longo que a mãe mandou fazer. Em casa, só, não vai ficar. Chegou o tempo de se divertir por conta própria. Que mal há em se reunir na casa do Danilo, ouvir música e bater um papo?

Finalmente decide: vai. Sim, vai sair à noite, sem permissão, ficar só em casa é que não.

O rádio berra, parece que soando tão alto não dá possibilidade de pensar em assuntos tristes. Onde está a mãe, que não veio protestar contra a música que enche o quarto e se espalha pela casa? Abaixa o volume. Sem ninguém para fazer uma briguinha, desabafar o nervosismo, tudo perde a graça, até o rádio.

Mas por onde andará a mãe? Por certo no cabeleireiro fazendo mechas ridículas para disfarçar os cabelos brancos. Por que não deixar eles brancos de uma vez?

Já que não aparece mesmo um vivente, seja quem for, para protestar contra o rádio, resolveu desligar. Sentiu ainda mais a solidão.

Fica com o vazio nas mãos. Seria bom estudar um pouco, porque se for mal na prova segunda-feira, o azar é só dela, de mais ninguém. Esse problema é seu, realmente seu. De um lado os estudos, do outro a natação e Jopa, por que o João Paulo é tão bacana assim?

Ia começar os estudos, precisava mesmo, mas a lembrança de João Paulo é tão forte que ela se afunda, outra vez, na cama. João tão diferente, não sabe bem, diferente mas não quadrado.

Ele não segue a onda, isso não, e se põe a imaginar um João Paulo com várias reformas que julga necessárias para transformá-lo não num gato, porque gato já é, mas num figurino.

Encomprida os cabelos dele até os ombros, ajusta as calças como as de um bailarino, força a imaginação para fotografá-lo assim na sua nova imagem e cai na gargalhada, ele não ficava bem, dava a impressão de uma caricatura de João Paulo.

Engraçado, ele é um cara tão bacana, porque é assim com aquele ar meio tranquilo de força em repouso, participante, sempre presente, sempre um amigão, mas nunca indo na onda.

É o único que sobressai na turma, tem personalidade, fazendo somente aquilo o que quer fazer, porque quer e não por ser hábito e costume. Ele não é comandado e também não é cafona nem palhaço. Apesar disso é bem popular, todos gostam dele, mesmo os que pertencem à turma.

Engraçado, difícil de entender. Ela, Gaby, se esforça tanto para ser notada, Júlio é dos que se impõem pelo físico, Miua é outra que segue o figurino, Martha brincalhona em excesso, superficial.

Vai examinando um por um os colegas mais chegados, aqueles que fazem parte da turma, e de todos, os que têm mais personalidade são, realmente, o Jopa e a Márcia. Sim, ela também parecia ser um pouco diferente.

Se convidasse o Jopa para ir ao bate-papo na casa do Danilo? Não custa nada telefonar, se ele topar, ela vai. Às vezes é questão de um empurrãozinho, depois a gente precisa ajudar a si mesma, se o horóscopo disser "Para ter chances no amor é obrigação da gente dar um jeito!".

Toma o telefone e disca.

– Olá, Jopa, como vai?... Estudando, naturalmente. Que você vai fazer à noite?... Não sabe? Quer ir ao bate-papo na casa do Danilo?... Não conhece ninguém? Desliga, cara, ele só convidou menina e cada uma leva o seu par. Ou a gente só bate papo com a parede?... Não, é só bate-papo mesmo, nada de sair com o carro escondido, não. Hoje é sábado, a gente precisa aproveitar o fim de semana para arejar a cuca, até os médicos dizem isso. Senão ela funde de tanto trabalhar... Legal, então às nove horas? Você telefona quando sair de casa, tá?... Tarde? Nove horas? Não, às vezes Danilo reúne a turminha lá pelas dez horas. Telefono depois.

Joga-se na cama, espreguiça-se com prazer. Que bom! João Paulo vai, quem sabe se ele... e se ele pedir para namorarem? Precisa ir devagar. Jopa é meio quadrado, mas assim mesmo é bacana, bacanérrimo, muitíssimo bacanérrimo, mas assim é errado falar, apesar de ser a expressão da verdade. Pena Danilo não ser parecido com o Jopa. Danilo é legal mas cansativo.

– Está sonhando acordada, filhinha? O que você vai fazer à noite? – A mãe aparece no quarto de penhoar.

– Sei não, mãe.

– Como não sabe? Vou à reunião do Lions, acho bom você estudar um pouco. Durma cedo, está combinado?

– Já sei, já sei.

– Mal-humorada? Mandei servir seu lanche às sete horas, assim você vai ter tempo para estudar.

– A que horas você vai?

– Oito e meia. Por quê?

– Nada não, só pra saber. E papai, já chegou?

– Sim, está tomando banho. São sete horas, o jantar de hoje é muito importante, vai o governador do Lions.

– É? Vou tomar lanche, você vem comigo?

– Não, desculpe, não dá tempo, filhinha. Você hoje vai ser boazinha, preciso me aprontar, quero esnobar, ser uma domadora bem elegante.

– Não faz mal.

Gaby janta só, é chato comer sem companhia, servida pela copeira, naquela sala que lhe parece maior, grande demais, toda iluminada, a refletir suas luzes nos objetos de prata. Que gosto tem a comida? Nenhum, o gostoso, o bacana, é como na casa das primas em Botucatu, tudo mais simples, porém o pai chega cedo, sentam-se à mesa os quatro, a mãe traz as travessas da cozinha e Maria, a empregada, ajuda a servir. Depois, as primas tiram a mesa. E é um sarro, vão e vêm, se esbarram, servem salada, arroz, feijão, tudo no mesmo prato, nada de pôr prato, trocar prato, como em sua casa, até a comida perde o gosto. E a risada das primas, as brincadeiras...

Aqui tudo é complicado. Para ir à escola, o chofer leva-a num carro importado, o uniforme preparado sobre a cama! Isso até que é bacana! Sapatos engraxados. Deixa tudo espalhado, porque assim dá trabalho à arrumadeira, senão o que ela vai ter pra fazer? É capaz até de perder o emprego. Já na casa das primas, cada um guarda o que é seu pra evitar confusão.

Gabriela não tem apetite, ou melhor, perdeu o que tinha ao se ver só na mesa, toma um copo de suco e pensa e faz comparações. É melhor a vida das primas que a sua? É? E a panca de chegar à escola de carrão, vale a pena? Recompensa o resto? A solidão na sala cheia de prataria?

Come uns morangos e nada mais, a solidão desce e a envolve, parece que lhe aperta a garganta. Sente vontade de chorar e, para se distrair, procura pensar no bate-papo logo à noite.

O relógio dá as horas – são oito e meia –, será que a mãe vai demorar?

– Puxa, mãe, você está boneca mesmo, que vestido bacana!

– Você gosta, amorzinho? Gosta mesmo? Vai estudar? Até logo, desliga a televisão, tá?

– E o pai?

– Ele já vem.

– Olá, filhinha, até logo.

– Dá um beijo, né?

– Até dois, pra uma filha tão boazinha que fica em casa estudando enquanto os velhos pais se distraem um pouco. Nas férias, eu prometo para você uma bela desforra.

– Tá bem, pai, não precisa se preocupar não.

Os pais saem, acompanha-os até o alto da escada, ouve o barulho do carro que se perde na noite.

Liga o telefone:

– João Paulo, não precisa tocar a campainha. Espero você na porta às nove, tá?

Corre a se aprontar, tem pouco tempo. E se puser um toque de azul nos olhos?

Examina-se ao espelho, gosta do seu físico, sente-se segura com ele, é uma figurinha fora de série, fora da terra, espacial. Cabelos lisos a escorrerem pelos ombros, na altura exata, como manda a moda, olhos verdes, morena queimada de piscina, pelo sol, corpo bem... ótimo, muito ótimo, nada a criticar, nada.

Liga o rádio, dessa vez num tom muito alto; a arrumadeira vai pensar que está estudando. Fecha o quarto, atravessa as salas vazias, olha à direita e à esquerda, tudo repousa. Tem a chave da frente, a que é de sua mãe, abre a porta e dá com a noite.

Sente-se envolvida nela, pelo calor morno que vem do asfalto, pelas luzes dos carros, mas também sente-se presa nos braços do medo, é a primeira vez que vai sair sem permissão. Tem a impressão de que está só no mundo!

Agora, perdeu toda a coragem, não passa de uma menina a pedir proteção, amor, e é com alegria, com grande sensação de alívio e paz que ouve a voz de João Paulo.

– Nossa! Como você está bacana, parece uma... uma... ah! já sei, uma habitante de qualquer estrela, com essa sua roupa espacial.

Ela sorri feliz.

– Você gosta?

– Bacana, muito mesmo.

– Vamos?

– Precisamos tomar um táxi – aquele! Pronto, porque um disco voador a espalhar luzes aqui, azuis, como você merece, eu não tenho!...

– Entro no táxi mesmo, vamos bater um ótimo papo na casa do Danilo.

O táxi segue pela avenida, os carros passam em disparada, param, tornam a rodar. O vento despenteia-a livremente, jogando seus cabelos lisos e sedosos ao encontro do rosto de João Paulo. Riem por nada, sorriem.

– Você não guia, Jopa?

– Sei guiar, sim, lá no sítio de meu pai guio sempre. Levo os latões de leite, as verduras da horta pra casa. Mas aqui e nas estradas, não.

– Tem medo?

– Não tenho é carta, isso sim. Sabe, quinze anos, né, menor.

– Ué, você sabe guiar e segue a lei? Por isso não guia? Nunca ouvi esse papo na turma.

– É isso mesmo, espero poder tirar carta.

– Deve ser chato, não?

– Por quê?

– Ué, porque se você sabe guiar, já podia sair por aí com o carro, né? Sabe, não sou eu, não, toda a turma, você participa, vem a festas, frequenta o clube, mas a gente tem a impressão de que não vai na onda.

– Não gosto de fazer aquilo que contrarie meu próprio modo de pensar.

– Pô, e que mal há em a gente ir na onda? Não é gostoso?

– Talvez, dá popularidade, não é? Mas ao mesmo tempo há um grande perigo, que vocês não devem ter pensado nele ainda.

– Qual? Não vejo nada de mal, a gente vai e vem, toda a turma faz assim.

– Eu sei, em tudo seguem o riscado, na roupa, nas festas, nos divertimentos. Se está na moda uma roupa, um disco, um bar, todo mundo sobe na onda e lá se vai.

– Bem, e daí? Não encontro nada, não vejo o que você vê. Onde o perigo?

– Sabe, se a onda afunda, leva todo mundo, que nem teve tempo para pensar. Você já pensou nas consequências de uma trombada, sendo menor e sem carta?

Gabriela fica quieta, franze a testa, rói a unha. Está perplexa, meio assim sem apoio. Parece que alguma coisa se desfaz dentro dela, ameaça cair. Interroga-se.

– Será?

– Você pergunta porque está na onda com os outros e nem tentou sair dela. Mas preste atenção no que falo e veja se não tenho razão. Examine só nossa turminha, examine um a um. Todos guiam, não guiam? Têm carta? Isso sempre traz complicações, metem os pais no meio, poxa, a história não é tão simples como eu conto, não. Quer mais um exemplo? Lá na porta do colégio não andou aquele cara vendendo maconha, disfarçado de pipoqueiro? Todo mundo passou a comer pipoca, é ou não é? Até que a polícia deu aquela batida e o cara sumiu.

– Poxa, é mesmo. E quantos começaram a fumar, né? Da turma quase todos que tinham dinheiro experimentaram.

– Sabe, Gaby, e os que não tinham ficavam na dependência dos amigos. Aquele cara do 8º B, o Antoninho, sabe qual é? Está fazendo um tratamento com psiquiatra. Tá dando duro pra deixar o vício.

– Você é bacana mesmo, Jopa, poxa, se é.

– Nada disso, menina, é que estou alerta, olho aceso, sabe? Ainda mais, quer saber? É moda andar com escapamento aberto? Vá na Augusta à noite, no Morumbi e veja o que acontece lá.

– Ô, cara, se a gente não acompanha a onda, como você diz, acaba ficando pra trás, chamam a gente de coroa, né? De desmancha-prazeres.

– Eu continuo a achar o seguinte: ninguém precisa ser diferente e ir por aí se mostrando com um cartaz nas costas e outro no peito.

Mas vamos ver se eu explico melhor: a gente precisa ter personalidade, é isso, fazer só o que acha que deve fazer sem se importar com a interferência dos outros.

– Vão dizer que a gente é palhaço, que quer se mostrar.

– Não, não é bem assim. Olhe só, hoje vou ao bate-papo porque quero ir e só por isso, não porque a turma vai. Às vezes prefiro ficar ouvindo música, participando do papo da família, lendo, vendo televisão, sabe? Isso também é gostoso!

O táxi para. Descem. Da rua se ouve a música no tom mais alto que a vitrola alcança.

– Bacana, não conheço essa música.

– Não? É um dos discos antigos que o Danilo arranjou. Pertence aos coroas, mas é bonita, é um fox, eu já ouvi outro dia.

Entram, a turma já se encontra em pleno furacão, os grupinhos espalhados pelo grande *living*.

– Vocês chegaram atrasados, hein? Por onde andaram?

– De casa pra cá. Mamãe custou a sair.

– Ela trouxe vocês?

– Não, você não entendeu a história? Esperei ela sair e eu logo atrás... Estou aqui como o fugitivo do filme, escondida.

– Mesmo?

– É essa a transa, vir sem licença, não tenho carteira nem de identidade nem de motorista, tá?

– Oba! E onde foi sua mãe?

Um grupinho se forma ao redor de Gabriela. Sua tristeza desaparece, sente-se o alvo das atenções e nada a preocupa mais.

– Num jantar do Lions, esperei que ela desse o fora e saí por minha conta.

– Ela não vai saber?

– Não, deixei o rádio ligado. A empregada pensa que estou no quarto. Trouxe a chave e, até as onze horas, tenho o tempo livre.

– Hã! A Gata Borralheira! E João Paulo é seu príncipe encantado?

Dão risada, despreocupados.

– Qual a transa?

– Música dos coroas, de 1930. Bacana, só vendo.

– Mas conta, Gaby. E se sua mãe descobrir?

– Vai ser aquela bronca, nem quero pensar. Põe seu olho gordo pra lá!

– Vamos dançar?

O grupo se dispersa.

Gabriela fica só, pensa. A música é de transpor muralhas, aquelas que cercavam a China, assim ensinou a professora de História.

Gaby olha a turma com os olhos de João Paulo. É mesmo, nunca tinha notado isso, um faz, todos fazem, parecem ter saído do mesmo molde.

– Que é isso, Gaby, você está deprê? Vamos dançar, menina, não adianta ficar com medo da bronca antes da hora, tá? – E Júlio a arrasta num sapateado maluco, cuja música vinha do outro século, do século dos pais.

A alegria reina, mas Gaby pela primeira vez sente que não participa, que está isolada, cercada por altos muros. Pensa na conversa com João Paulo.

Que garoto bacana, bem que podia namorar com ele... O plá é que ele parece estar gamado pela Márcia, e a Márcia é sua amiga mesmo, de lealdade pura! Mas e se ele se interessar por ela, Gaby? Que mal há? O amor é livre, e azul, como diz a música. Todas as colegas fazem assim: revezam o amor. Ela mesma já namorou o Júlio, que por sua vez namorou a Martha, que namorava o Danilo, e depois ele ficou sendo o pajem dela, Gaby.

Poxa! A onda... a onda de João Paulo. É isso, todos fazem assim, eu faço também.

A reunião prossegue, todos se divertem, menos ela, que procura não pensar no seu ato de sair sem permissão dos pais.

Quando são dez e trinta, pede para voltar, não aguenta mais a situação, o medo a abraça.

– João Paulo, eu vou. Você desculpa, tá?

– Ora, que é isso? Vamos.

Despedem-se, na rua tomam um táxi, que custa a parar, porque são mais de dez e trinta e os dois parecem muito jovens.

Gabriela tem a chave, entra sem ruído, nenhum som vem da casa que dorme. O silêncio! Perto do quarto, ouve o rádio que deixara ligado. Tira a roupa, que toma cuidado de guardar no armário; lava o rosto e se deita. Mas o sono não vem.

Assim passam duas horas. Ouve os pais chegarem, a mãe abre a porta do seu quarto para ver se ela dorme bem.

– Mamãe!

– Que é isso, Gaby, acordada? Até agora? Está doente?

– Não, acordei agora. Foi boa a festa?

– Sim, o jantar esteve ótimo, depois fomos dançar um pouco.

– Ah!

A mãe agasalha a filha, num gesto maternal, com as cobertas.

– Durma, amanhã conversaremos. Já são duas horas, estou com sono e cansada.

Beija Gaby e fecha a porta.

Pouco depois o silêncio envolve a casa e o sono chega.

11

– A aula terminou e fomos ao barzinho tomar uma Coca repartida, porque nem eu nem a Martha tínhamos dinheiro. Fim de mês é aquela ruína total. No barzinho não estava a Conceição, mas sim a Cecília, filha dela, aquela magricela atraente, você sabe, ela parece maneca.

– Sei sim. E daí?

– Pedimos a Coca e ela perguntou se eu era a Mariela do 9º C. "Sou sim", respondi. Ela pôs um envelope no balcão. Tomamos a Coca, tava calor mesmo! "Essa carta é sua, deixaram aqui pra você. Tava aí no balcão... penso que alguém esqueceu ela".

– Poxa, e daí?

– Daí olhei pra Martha, Martha pra mim, e nós duas para o envelope. "Ué, que é isso? Tão com medo de pegar ele? Vai ver que é conta atrasada" – disse Cecília. "Não tenho penduras", respondi. E peguei o envelope, onde estava escrito à máquina: "Mariela, 9º ano C. Particular". Já juntara um grupinho, sabe, os sapos curiosos, atrás de nós duas a fofocar, você sabe, se metem em tudo, até no particular.

– E daí?

– Peguei o envelope com cara de quem tá acostumada a receber cartas da Europa, da lua, guardei na bolsa, nem dei bola pra turma. Acabei de tomar a Coca bem devagar, tava precisando dela mesmo, se tava, meu coração fazia poc-poc. Saímos eu e a Martha, a turma ficou desapontada. A gente foi em direção ao carro, sabe, então, ela estava muito curiosa e perguntou baixo se eu ia ler a carta. "Como você sabe que é carta?", perguntei. "Ué, dentro de um envelope particular eu acho que deve ter uma carta, poxa!", respondeu Martha. Já vamos saber, matar a curiosidade", eu disse a Martha. A bolsa parecia queimar no meu braço, a carta, eu tinha a impressão de que ela emitia raios misteriosos, aqueles raios, como é que chamam mesmo?

– Já sei, *laser*.

– Isso mesmo. Também, todo mundo olhando pra gente, poxa, fogo!

– E vocês?

– A gente com aquela pose de maneca a desfilar em passarela... até o carro. Baita sorte, veio o motorista e não minha mãe. Fomos levar Martha em casa.

•

O carro rodou silencioso, cheio de si. As meninas sentam no banco de trás. Mariela abre a bolsa e tira o envelope. Há um quê de mistério a pairar no ar...

– Cheire, tem cheiro?

– Carta tem cheiro?

– Não. Às vezes pode ter perfume, sabe, minha empregada é noiva e usa um perfume de violeta pra perfumar a carta que ela manda pro noivo em Salvador.

– Cafona, não?

– Costume de outros tempos e do interior, disse minha tia.

O envelope, dono de todos os mistérios do mundo, cofre do grande segredo, não passa de um envelope comum, aéreo, meio amassado, sem nenhuma pista a indicar seu remetente. Nem um brasão, nem iniciais douradas, nem perfumes reveladores. Num canto, via aérea, mais embaixo: "Mariela, 9º ano C".

Mariela rasga a ponta esquerda, depois toda a parte superior, tira do envelope o conteúdo, que ele protegia com tanto cuidado. Um papel, folha de caderno, dobrado em quatro. Dentro desse papel um coração, dentro do coração uma flor... essa é a história dos tempos das fadas. Lembra bem dela e desdobra a folha e... não é tal e qual a história infantil, de bruxas e fadas... mas cai de dentro dela uma pétala de rosa. De rosa vermelha e delicada, algo assim de madrugada, de orvalho, de luar ou estrelas! Ah! Uma estrela que caiu, uma estrela cadente!

Olham-se surpresas, os corações batendo acelerados. Uma simples pétala que caiu leve, levezinha no colo de Mariela e ali ficou desamparada, quase fugindo ao menor sopro.

O papel passa das mãos de Mariela para as mãos ansiosas de Martha, que o vira e revira, dobra e desdobra.

Nada, nenhuma resposta ele dá ao inquérito ansioso e urgente das meninas. O carro corre, para, corre outra vez, que é isso, Mariela? Por que quem tem carro importado pode andar assim? E a pétala macia, brilhante – não responde nada.

Com mãos trêmulas, Mariela toma-a entre os dedos e mansamente, com delicadeza de mãe a deitar seu bebê, coloca-a entre as folhas de um caderno.

O carro para, há um quê de diferente, será assim o ar da lua? Despedem-se, há mais ternura no beijo que trocam, há mesmo uma certa cumplicidade, um novo elo a uni-las.

O carro torna a voar, a comer distâncias... e Mariela toma novamente a pétala vermelha entre os dedos, com carinho, com amor. De que mensagem ela é portadora? De onde terá vindo? De que jardim, que mão a colheu? Com que delicadeza esse alguém a colocou entre a página dobrada para ela ainda trazer essa frescura de flor recém-aberta?

Na sua casa rica, Mariela desce, sobe os degraus da escada em direção ao quarto, liga o rádio numa FM, somente pode ouvir daquelas músicas que noutros dias chamava de chatas, mania dos pais, esnobação, mas sente que ela, a música, pode fazer companhia para a mensagem maravilhosa de que a pétala é portadora.

O dia diferente – o ar transparente, a pétala vermelha!

Deitada no tapete do quarto, Mariela não consegue estudar. É dona de uma pétala misteriosa... De onde terá vindo? E nisso fixa seu pensamento. Procura adivinhar, mas nada consegue. Amanhã, amanhã, quem sabe?

No dia seguinte olha os colegas e as amigas. Seria brincadeira, trote de alguém? São tão brincalhonas. Mas seu coração se nega a aceitar essa ideia. Não, não é trote não.

– Martha, não fale nada, tá?

– Certo, querida. Você descobriu?

– Nada, até agora, nada.

– Vamos ao bar?

– Dá tempo?

– A professora de ginástica tá ainda com o 6º A. Está resolvendo como vai ser o programa da festa.

– Vamos.

Tomam a Coca, Mariela paga e quando a Conceição, a dona do barzinho, abre a gaveta para fazer o troco, diz alegremente:

– Ui, ia esquecendo... Logo de manhã, antes de começar o movimento, encontrei aqui no balcão este envelope pra você, Mariela.

As duas meninas não sabem o que fazer – o envelope é para Mariela, mas Martha até pensa que ele é também seu.

Mariela pega rapidamente e guarda no bolso – a turma vinha chegando, Márcia, Júlio e Miua.

– Oi, você já lanchou?

– Já, tava com fome.

– Bem, você pode comer quanto quiser, é magra.

– Onde você vai?

– Toalete.

– Ah! Bom divertimento.

As duas vão ao toalete, cada uma entra num box e Mariela, sentada na tampa da privada – não era bem romântico o lugar –, abre o envelope e dele cai outra pétala, uma irmã daquela.

Tem as mãos úmidas e certo rubor no rosto queimado.

– Que é? – pergunta Martha do outro lado. – É?

– É. Igual à de ontem.

Saem as duas para o pátio cheio de sol. Mariela pisa na areia como quem pisa num chão de estrelas, como diz a canção. Será astronauta? Está na lua? Ou voa rapidamente, levada pelo Koutek?

Não conversam, a sineta soa, formam a fila, o professor faz chamada.

– Oi, Mari, você tá doente?

– Não, tou bem.

– Professor, a Mariela parece ter febre, ela tá vermelha.

– Não é nada, professor, ela ontem tomou sol.

– Martha, você é a Mariela?

– Não, sou a Martha.

– Então, por favor, deixe sua colega responder. Você está doente, Mariela?

– Não sei, professor, eu... eu prefiro não fazer ginástica hoje.

– Bem, então assista ali daquele banco.

E a aula começa, posição, marchar, um, dois, acelerar.

– E agora? Que você vai fazer?

– Sei lá, Martha, não conte pra ninguém, tá?

Martha anda elétrica, parece que o plá é dela!

E, indiferente aos problemas do 9º C, o sol prossegue seu caminho e atinge as janelas da escola.

12

– Mãe?...

– Pronto, filhinha.

– Desliga a televisão, preciso conversar com você.

Rail, a mãe da Gabriela, é ainda moça, tem 34 anos e cursa a faculdade de Psicologia. Resolveu voltar a estudar, depois que a filha única cresceu e começou a frequentar a escola. Sentiu falta de maior preparo. A educação dos filhos na época atual é difícil, ainda mais filha única.

Assim, como já tivesse terminado o colegial, entrou num cursinho, prestou exames e agora está terminando o 3º ano da faculdade.

Procura atualizar-se, estar sempre a par dos problemas que cercam a adolescência e desse modo poder dar melhor assistência à filha.

Mas, e é muito natural, tem também seus divertimentos, seu grupo de amigos com os quais ela e o marido saem e fazem programas.

Gabriela entende e aceita bem as saídas dos pais, seus grupos de amigos, mas às vezes está num de seus maus momentos, inquieta, insatisfeita, nem sabe bem por quê, então lança a culpa em todo mundo, principalmente na mãe. Sente-se descontente e alguém tem de ser responsável por tudo isso. Ainda não aprendeu a suportar sozinha essas contrariedades; ora o céu é azul e ela canta naturalmente, ora é cinza, então descarrega nos mais próximos sua eletricidade.

Aquela saída escondida, sem falar com a mãe, foi num desses dias de desânimo. Se o convite tivesse sido feito numa outra ocasião, ela teria, por certo, conversado, discutido, se fosse preciso para defender sua ida à casa de Danilo. Mas o dia era negro e ela optou pela fuga. Coisas que acontecem e de cuja sombra depois a gente custa a se livrar.

Agora, pensando bem no assunto, acha que foi longe demais; ser malcriada, responder, isso, enfim, desencuca. Sente que ainda não sabe conversar bem, que o diálogo acaba em discussão, tanto em casa como na escola, que às vezes se revolta contra os pais. Eles são bacanas, procuram ajudá-la a compreender seu ponto de vista e se muitas vezes não aceitam, se não estão de acordo sempre, é porque eles veem mais longe que ela. Sim, é isso, eles entendem mais a vida e ela se revolta contra isso a que chama de limitação!

Esses dias não foram bons para Gabriela: "Poxa, tá tudo preto, tudo embananado! Parece até que ando num túnel e pra falar a verdade pra mim mesma eu errei, não adianta arranjar desculpas, errei... e não quero cair noutra. Isso mesmo, não caio noutra e pronto!".

Mas esse ponto não era ponto-final para as suas tristezas, sente que isso não basta, que seu relacionamento com os pais exige lealdade. Eles não se zangam assim facilmente, conversam, são bacanas, o diabinho apareceu naquele dia a tentá-la. "É, foi esse diabinho de luz negra! Eu tava deprê, que azar meu!".

Deitada na cama, rádio bem alto, pensa, torna a pensar. Começa desde o momento do telefonema, tenta lembrar bem sua inquietação, a saída dos pais, depois a sua – tudo vai passando em seu íntimo como filme numa tela.

"Poxa! Eu não saio mais desta, pô! Vou tentar outra coisa. Também esse rádio não tem nada que preste e o professor de História é um podre que não sabe ensinar e depois dá zero... O que eu vou fazer é contar pra mãe toda essa mentira. Porcaria de festa, não me diverti nada, ainda o Jopa achou ruim, o Jopa também é outro quadrado, não, eu é que errei... Ficar com isso na cabeça não dá mais pé. Vou falar, se vier bronca, que venha. Minha cuca tá parecendo aqueles joguinhos de armar, junto os quadradinhos, dá errado, desmancho, junto outra vez, poxa! Chega! Não consigo acertar, falo, não falo, esqueço. Não posso esquecer, falo com o pai, falo com a mãe, falo com os dois hoje. Amanhã? Desarruma as peças, arruma de novo, falo amanhã, certeza, dou minha palavra pra mim mesma que falo amanhã, não depois."

Porém, hoje amanheceu com a ideia firme, vai falar com a mãe. Sonhou a noite inteira que tinha uma pedra quadrada em cima do peito e que a esmagava, como viu acontecer com Batman num filme de televisão. A pedra ia descendo, descendo, até que a mãe apareceu correndo, tirou-a de lá, debaixo da tal pedra que mais parecia um monstro, até se machucou um pouco nas mãos antes de tirá-la de lá, mas conseguiu livrá-la antes de a pedra cair. Pô, se aquela pedra caísse de uma vez, ela tava mais fina que folha de papel!

Acordou assustada, suando frio, dor de cabeça, dor no corpo, mas decidida. Vai contar tudo pra mãe. E, se vier bronca, bem que merece!

Hoje a mãe não tem aula à tarde e vai aproveitar pra contar tudo.

– Mãe, posso falar com você?

– Fale, querida. Pela cara penso que você brigou com os professores... ou com o namorado? Como vai o Danilo?

– Mãe, não brinca, não, é sério.

– Não estou brincando, filhinha, estou tentando ajudar e pode contar comigo no que você precisar, tá? Estou do seu lado.

– É, e se eu fiz uma coisa errada, mãe? De que lado você fica?

Rail se sobressalta, mas procura manter-se calma. Errou... mas podemos chamar de erro as falhas dos adolescentes? Erros? Ou é a busca do caminho certo e nessa procura, às vezes, fogem dele, entram por atalhos? Então, sentem-se perdidos, sós. E é a vez do amor dos pais se manifestar com muito tato através da compreensão, procurando levá-los a encontrar novamente o rumo certo.

Rail pensa, enquanto Gabriela espera, um tanto assustada: "Que estará a mãe pensando, assim tão calada? Estará zangada?".

– Gaby, às vezes seguimos um caminho que não é o certo, o melhor, mas é só dar conta disso e voltar, tomar depois nova trilha.

Não creio sinceramente que isso nos deva desanimar, levando-nos a julgar o pior de nós mesmos. Estamos sempre prontos, quando buscamos o melhor, a nos julgar sinceramente. Se você quiser me contar o que a preocupa, talvez possa ajudá-la.

– Sabe, mãe, tou com medo da bronca.

– Prometo não dar bronca, mas uns conselhinhos preciso dar, não é? Isso faz parte do papel materno.

– Aquele dia que vocês foram ao jantar do Lions eu tava deprê, sabe?

– Sim, filhinha, eu já havia percebido. Senti muito ter que sair, você entende? Seu pai tinha aquele compromisso e eu, sinceramente, preferia ficar com você. E daí?

– Pois é, naquele dia, você não vai dar bronca, não? Eu saí escondida.

A mãe espera, tem vontade de fazer perguntas, de mostrar a preocupação que sente, mas espera com calma.

– Sabe, mãe, eu saí com o Jopa, o João Paulo, sabe? – "Que alívio", pensa Rail, "que bom não ter sido com o Lauro e sua turma!" – A gente foi ter um papo na casa do Danilo. Foi toda a turma, ia um cara americano contar as experiências dele com... você vai dar bronca, vai?

– Não, já disse que não!

– Então eu conto. O cara mais besta, não gostei nada dele, e nem cheguei a ouvir a tal experiência, a gente queria era dançar, o Danilo arranjou uns discos velhos, do seu tempo, sabe? Tango, fox, a gente gamou. Ninguém queria ouvir o papo do tal. A reunião tava bacana, mas eu fiquei pouco tempo, tinha um bichinho roendo a cuca, roendo mesmo, e vim cedo. Jopa me trouxe e eu vim dormir. Mas não dormi, não.

– É, querida, quando cheguei, encontrei você acordada.

– Sabe, mãe, eu tava deprê, sei lá por quê, não gosto de ficar em casa com as empregadas. Elas se trancam no quarto e aqui tudo parece estranho, esquisito, abandonado.

Rail procura as palavras, precisa pisar de leve, não ferir, não magoar. Lembra-se de um verso que leu quando mocinha a respeito de um vaso quebrado. O vaso delicado tinha uma flor e certa vez alguém descuidado bateu nele com um leque, ele caiu e rachou. A flor morreu. Assim dizia o poeta, há corações que mãos descuidadas tocam e... cuidado, ele está ferido!

E a luzinha vermelha de advertência acendeu no seu coração, sua filhinha sofre.

– Gaby...

– Quê, mamãe?

– Sabe, filhinha, aquele dia, já disse, eu senti que devia ficar, que você estava triste, preocupada, querendo companhia! Mas, você sabe, seu pai tem compromissos como presidente do Lions e eu preciso acompanhá-lo, não é? Você um dia quando se casar vai entender essas coisas. Até vim ao seu quarto e teria batido um papo, mas vi você quietinha, deixei-a sossegada. Filhinha, há pequenos erros que ajudam muito, se deles soubermos tirar proveito, Gaby, e você está no caminho certo. Sinto-me feliz e orgulhosa com você, pois me conta seu problema e me convida para participar dele como amiga.

– Você então não está zangada, mamãe?

– Não, filhinha, nem um pouco. Você mesma sentiu que não está certo o que fez, que mentir, enganar, não é solução para nossos problemas emocionais, para a deprê, o nervoso, enfim; até atrapalha, não é mesmo?

– Você está certa, mãezinha, a experiência não foi boa, palavra que noutra não caio.

– Gaby, você não gostou dessa experiência, não concordou com sua própria atitude. Você agiu sem pensar, levada pela solidão em que se achava, impulsionada pelo desequilíbrio interior, não é? Essa sua experiência você deve aproveitar para tirar conclusões que poderão ajudá-la muito. Sabe, as consequências não foram além da sua autocensura, você saiu com o João Paulo, ótimo menino. Se tivesse saído com um mau elemento, talvez hoje estivesse arrependida de outra maneira, sofrendo consequências graves de um ato impensado. E você está ficando mocinha, precisa já começar a refletir... a pensar antes de agir.

– Mas, sabe, mãe, é difícil, a gente, quando tá assim, vai fazendo, parece que volta a ser criança, a fazer birra, quer fazer desaforo pra desabafar.

– Entendo bem, muito bem, pois nossos gênios são bem iguais, você é bem filha da mãe – e deram risada com a brincadeira –, só que eu tenho quase o triplo da sua idade e por esse motivo sei pesar melhor as coisas. Também se não soubesse, não? Mas o equilíbrio vai chegando com a idade. Você, como eu já disse, está ficando mocinha, adulta, e saberá pensar antes de agir. Mas, que você entenda bem, nem sempre, algumas vezes, por mais que eu tome cuidado, quando me dou conta, já agi. Temos o mesmo temperamento impulsivo. O importante é não desanimar, com o tempo ele vai melhorando, aprendemos com nossos aparentes fracassos a temperar nossos atos.

– Você disse aparente. Então não é fracasso a gente se controlar e de repente – bum! – explode a bomba?

– Não, não é um mal explodir, filha. Precisamos nos examinar. Como? Por quê? E da outra vez, na próxima, a tal força total não nos pega desprevenidas, não é?

– Mamãe, você ficou desiludida com o que fiz? E papai, o que vai dizer?

– Desiludida? Que é isso, filha? Você agiu bem, conversou comigo. Assim não persistiu nisso que você chama de erro e que você mesma condena e censura. Agora chega, nada de tristeza. Saia dela, apague a lembrança, isso não existe, nunca existiu, está bem?

– E o papai?

– Se você quiser, eu falo com ele. Mas o melhor é você mesma se explicar. Está com medo do ronco do besouro? Que é isso? Sabe, Gaby, quando você tiver outro dia de nuvens negras, venha bater um papo comigo, quem sabe se a gente resolve afugentá-las para longe, para algum deserto que está precisando de água. Aqui, quero céu azul.

Gabriela senta no colo da mãe, tem 5 anos e quer dormir ali, ser levada para a cama. Como é bom ser compreendida!

– Mamãe, o Jopa é muito bacana.

– Já notei sim, ele parece ter a cabeça no lugar certo.

– Você precisa, mamãe, saber o que ele pensa da vida. Tem cada ideia! É muito legal, mesmo!

– Atualmente faz parte da evolução do mundo, resultado de tantos meios de comunicação, os adolescentes andarem em turmas. Para vocês isso é muito importante, é quase assim, na prática, aquele provérbio "A união faz a força". E o necessário é saber selecionar os elementos do grupo.

– Ué! E antigamente, no seu tempo, não era assim?

– Não tanto, bem menos. Porque os meios de comunicação, de transporte, eram limitados, assim como, deixa ver a expressão certa, não havia tanta exigência da juventude. Havia uma linha traçada pelos mais velhos, que os mais jovens seguiam. Não discordavam muito e, se discordavam interiormente, não se manifestavam. Agora é que vocês pretendem tomar a vida nas mãos, às vezes muito cedo, para traçar os próprios caminhos.

– Ué, não tou entendendo bem o que têm os grupinhos com isso. Não tá certo a gente querer viver a vida da gente?

– Você não deixou acabar a explicação, já vai ver aonde eu quero chegar. Vocês se unem, formam as turmas e sabe por quê? Porque vocês querem ser independentes, vocês dentro das turminhas se sentem mais seguros, eu sou assim como outros, como todos.

– Ah! mãe, isso é de fundir a cuca. Quem quer ser independente não procura liga...

– Vocês na turma são só contra a outra geração – as autoridades, pais, professores, até religião, enfim, os que querem orientar, participar e, na maior parte das vezes, limitar.

– Pelo que você fala, a turminha não é coisa boa?

– Que é isso, filha? É muito bom pertencer a um grupo, desde que seus componentes sejam elementos bem ajustados, como o Jopa. Todos sabemos que uma fruta podre pode estragar muitas, não é? Um mau elemento muitas vezes põe a perder uma turminha que poderia escolher outro caminho. Um exemplo bom – se vocês no sábado não estivessem interessados na música, tivessem permanecido a ouvir o tal jovem contar suas experiências com o tóxico, isso poderia ter trazido más consequências para alguns.

– Será, mamãe?

– Certo, filhinha. Isso estamos estudando no meu curso, o comportamento dos adolescentes. Preste atenção, os componentes de uma turma andam de um jeito, os de outro grupo já se diferenciam dos primeiros, roupas, esportes, divertimentos.

– Poxa, mãe, você tem razão. Olhando um da minha turminha a gente não precisa ver o resto. Agora tá na moda usar fita na cabeça e todos estão usando, todos! Até eu, pô! E em tudo mesmo. O engraçado é que quando são um pouco diferentes, como o João Paulo ou a Márcia, a gente diz que querem se mostrar, eles não entram na onda, pelo menos em todas. Dão a impressão de que são mais velhos, muitas vezes a gente sente isso quando bate um papo com eles na hora da deprê!

– Por algum motivo, personalidade, ambiente, não sei precisamente, vai ver que eles já atingiram a outra etapa da adolescência, superando certas fases de protesto, de inquietação. Isso tudo, filha, o tempo ajuda a resolver; o importante é que vocês encontrem amizade, compreensão, diálogo com os pais, em casa. Você foi franca, confiou em mim, nem preciso pedir para não sair mais escondida, será até fora de propósito. O que eu quero, porém, é que você entenda bem e não pense que quando saio e deixo você algumas vezes só, com as empregadas, seja falta de amor. Você precisa compreender que eu e seu pai também sentimos necessidade de trocar ideias, conversar, desligar, sair um pouco da rotina do trabalho e dos problemas que surgem no dia a dia, entendeu?

– Sim, mãe, eu sei disso. É que naquele dia, os diabinhos estavam soltos no sótão, sabe, davam pulinhos daqui pra acolá. São sete horas, vamos ver nossa novela?

– É mesmo, liga a televisão, quem sabe se hoje descobrimos o porquê de a Flávia ter saído de casa! E se na vida fosse como na novela, onde tudo no final se encaixa no lugar certinho!...

Sorriem e se acomodam tranquilas nas poltronas favoritas...

13

Três dias Mariela esperou em vão. Foi gozação de alguma menina, talvez da Tami ou da Gaby, são tão brincalhonas, que pena! Já estava se sentindo a heroína de uma novela "A pétala de rosa, com amor". E agora...

Martha também participava da emoção: a história não era com ela, mas muito romântica mesmo!

– Oi, Mariela. Nada?

– Nada.

– Que chato, não? Quem será que inventou essa brincadeira, esse plá de tão mau gosto? Bestinha, não?

– Deixa pra lá. Será que a professora de Português vem hoje? Bem que ela podia faltar.

– Espere sentada, ela não falta nunca, parece carrapato, gruda do primeiro segundo até o último minuto.

Nesse momento, passa Miua correndo.

– Incêndio na caixa-d'água?

– Não, eu é que não quero perder a chamada, a Expressinho começa a chamada da porta – e ai... ai daquele que atrasa um décimo milionésimo de segundo, leva falta.

– Espere, a gente também sobe. Se ela já fechou a porta, a união faz a força.

Sobem correndo, a turma já estava quase toda sentada.

– Atrasadas, hein?

– Qual, professorinha, a senhora ainda não entrou, tá?

– Já estou com um pé para dentro.

– E o outro fora, deixa a gente entrar, a senhora é tão boazinha...

– Bem, por hoje vai, ando na campanha da boa vontade.

– Deus lhe pague em dobro... alma caridosa. Por que a senhora não estudou pra missionária? Dava bem...

Entram rindo. A professora, por mais que se esforce, também acaba rindo. Estão sempre com uma piada, caçoando, mas estudam. Isso é importante.

Sentam. Mariela abre o caderno de Português e... lá está o envelope, portador de felicidade e de inquietação também. O coração da menina bate acelerado.

– Dona Nívea...

– Que é, Mariela?

– Posso ir lá fora?

– Fazer o quê?

– Fazer... fazer, a senhora sabe, né?

– Você não entrou agora?

– Deixa, dona Nívea, por favor.

A menina estava tão pálida que a professora ficou preocupada.

– Você está sentindo alguma dor?

– É, sim senhora – e foi levantando e saindo com o livro na mão, quase correndo.

– Ela deve ter comido cachorro-quente, eu bem que avisei que ele estava com gosto de estragado – comenta Júlio.

– Silêncio, já perdemos três minutos, vamos ver o trabalho de casa.

Fora da classe, livre, Mariela corre para o toalete, seu lugar preferido para ler a carta. Não é bem um lugar romântico, gostaria de ter um jardim florido com pássaros nas árvores, mas lá é reservado, ninguém pode saber o que se passa.

Abre o envelope, tira o papel e... a pétala cai em seu colo, voo de ave, música ao longe, sonhos... mas agora, no papel tem alguma coisa escrita: "Mariela, estou gamado por você!".

Sentada na tampa da privada chora, as lágrimas caem pelas suas faces e vão pingando; ela sente seu gosto salgado e procura um pedaço de papel higiênico, seca o rosto, assoa o nariz, soluça mais um pouquinho.

Alguém está gamado por ela, poxa, é bacana demais!...

Lê, relê e finalmente, ainda soluçando, com uma pena danada de si mesma, nem sabe bem por quê, guarda tudo no livro, lava o rosto na pia, volta à classe.

Dona Nívea vê os sinais do choro:

– Dói muito o que você sente?

– Nada, passou.

– Foi o chachorro-quente, eu disse, ele tava com cara de louco, quero dizer, de estragado.

A aula prossegue, a turma leu o livro recomendado porque gostou; saem debates, há muito interesse, e a hora passa rápida.

Recreio.

Alguns colegas cercam Mariela:

– Dói muito a barriga? – pergunta Júlio, que persiste na ideia do cachorro-quente.

– Que linguagem menos romântica, Júlio, pra uma jovem a gente pergunta discretamente se dói a... o...

– O quê?

– Sei lá, a cabeça, por exemplo.

– É, mas eu comi o tal cachorro e tive uma dor de barriga desgraçada, tá?

– Vamos tomar uma Coca? Temos quinze minutos, sabe?

Vão ao bar. Mariela está ausente, quase sonâmbula, hipnotizada pela pétala vermelha. Quem será? Qual deles gostaria que fosse? Danilo, não, ele é muito ruivo e eu não gosto de cabelos vermelhos. Marco? Marco é bacana, mas um pouco moleque, fala bobagens, caçoa muito, não teria aquele gesto não. Lauro? Deus me livre, bato três vezes na madeira, uso figa, esse não, nem que seja pra ficar solteirona.

Júlio, o gato, olhos azuis, alto, Tarzan, ultimamente anda meio desligadão, bem podia ser ele ou o Jopa! Quem sou eu, pobre coitada ignorante, pro Jopa estar gamado por mim? Tem o Cris, outro gato, as meninas dão em cima dele, mas é tímido, só dá risada. É muito atencioso e educado, até parece um pouco antigo, quando tem alguma menina de pé, ele oferece o banquinho no bar.

"Ele ou o Jopa, bem que eu mereço, não sou feia, tenho os olhos lindos, até acham que sou parecida com a Elisabeth Taylor..."

– Mariela, você está bem?

– Tou sim, Martha – nem para Martha, sua melhor amiga, irmã, fiel, conta seu segredo. É tão seu que ela até sente que aquela pétala vermelha é um pouco de si mesma e ela é uma rosa.

A pergunta ansiosa não a deixa. Quem será? As horas passam e Mariela está ausente, seu pensamento flutua, transpõe montanhas, deixa a terra, chega à lua!

– Mariela, repita o que eu disse.

– O que você disse?

– Mariela, você quer acabar comigo? Repito três vezes a explicação e vocês não prestam atenção. Isso dá um enfarte, todo professor, li numa estatística, morre de enfarte.

– Professor, e os alunos?

– De burrice, sim, morrem de burrice. Depois, na reunião de pais é só queixa – meu filho tem notas baixas, não vai bem. Por quê? Porque, aí está, a Mariela, uma aluna educada, fina, atenciosa, não sabe repetir o que eu acabo de falar três vezes! E em bom português!

– Professora, desculpa ela, ela comeu cachorro-quente estragado.

– Ah! e que tem isso com atenção?

– Ela está doente, dodói da barriga, professora.

– Bem, se é assim, está dispensada de repetir o que falei três vezes. Repita você, Martha.

– Poxa, que azar, eu tava fazendo a lição de Ciências – diz Martha, Tatá para os íntimos.

– Eu assopro.

– Então começa.

Assim vai o dia, até que, finalmente, acabam as aulas. Mariela esquiva-se das colegas, das amigas íntimas e vai para casa. No automóvel lê duas, três vezes as palavras escritas a máquina "estou gamado por você" e sente os olhos úmidos, novamente. Agora não pode chorar porque está no automóvel e o motorista pode contar lá na sua casa.

Que fazer, meu Deus? Preciso dar banho de creme nos meus cabelos, tenho andado desarrumada, se mamãe deixar, será que ela deixa? Eu amolo até ela deixar, faço as unhas e pinto com esmalte da cor da moda, eu acho que já posso pôr um pouco de sombra nos olhos, tenho quatorze anos, quem sabe se ajeitar as sobrancelhas...

Olha-se ao espelho, parece ser esta a primeira vez que se vê. "Estou gamado por você." Fica vermelha, os olhos brilham, ele deve achar que ela é bonita!

Pega a pinça da mãe e começa a tirar alguns pelos que são demais em suas sobrancelhas, mas cada um que tira é acompanhado de um ai... e desiste. Se ele está gamado então é porque gostou dela assim mesmo, com essas sobrancelhas, mas a sombra e o banho de creme, isso vai ajudar, se vai... e se lembra de que tem prova no dia seguinte, de Ciências. Sem as lições preparadas, nada conseguirá da mãe, nada.

Depois pertence ao grupo teatral, que toma um pouco a mais de seu tempo. É verdade que isso aumenta a nota de Português. Melhor ser artista que decorar verbos...

Nos ensaios da peça, tudo corre bem, céu azul, os atores cooperam, por eles haveria ensaio em todas as aulas, desde quinze para as oito até o meio-dia. Quanto às costureiras, os montadores de cenário, aqueles que trabalham por detrás da cena, o Danilo tão disposto de início a varrer e a espanar, não iam muito bem. Quando podiam, apareciam, marcavam o ponto e davam o fora. Fiéis mesmo, só os artistas e Marina, a diretora.

Ela reclamava, batia o pé, brigava, mas não adiantava muito. Resolveu partir para outra; foi conversar com o professor Cardoso. Ele disse que era criatividade, carta branca, que ela procedesse como achasse melhor.

Então, estabeleceu que a presença de cada um seria dada de acordo com a tarefa cumprida, assim como escravos.

— A gente tá igual a escravo, Marina, com tarefa marcada, e você é o feitor, como disse o professor de História.

– É? De quem é a culpa? Não souberam cooperar livremente, né? Por que não cumpriram a obrigação? Daqui a um mês a gente vai levar a peça e eu dependo de vocês. A peça não sai boa se os atores não cooperam, tá em jogo o meu nome de diretora. Não quero que mais tarde, quando eu for conhecida internacionalmente, digam que fracassei na minha primeira peça, tá?

Assim, todos eram obrigados, os que deram nome, ou por amor à arte ou pelas notas, a cooperar, e a diretora não aceitava reclamações nem justificações. Escravos no duro, mesmo.

Alguns gostavam. Pedro adorava pintar os telões dos cenários, saía da sala que o diretor emprestara para os ensaios, colorido, verdadeiro arco-íris. Se deixassem, era capaz de pintar todas as paredes e todos os muros da escola.

Na sala do café, os professores comentavam as atividades artísticas. Ninguém conhecia a peça, seria tragédia? Comédia? Sátira?

Os dias passam, as aulas se sucedem, o fim do ano escolar se aproxima. É recesso, vai quem quer ir e precisa, mas parece que todos precisam de notas em todas as matérias, porque estão lá, respondendo às chamadas.

Mariela é a estrela da peça e supera a expectativa. Pudera, vão levar uma história de amor e ela está vivendo esse clima romântico, amoroso... "Mariela, estou gamado por você."

– Ela representa bem mesmo, hein, Marina?

– Também o Cris está ótimo. Formam um par bacanérrimo.

Foram feitos um para o outro. Cris, o galã, é um colega meio caladão, não totalmente, mas sim um pouco tímido, acanhado, e sua presença é notada pelo sorriso aberto e simpático. Foi surpresa para a turma seu oferecimento para trabalhar e ainda mais quando insistiu em fazer par com a estrela principal.

– Sabe, eu sou tímido, quero me desinibir, é o teatro o meio mais aconselhado, assim dizem.

E tinha jeito também, pois as cenas pareciam reais. Marina, a diretora, põe muita esperança na peça e tem a certeza de que os resultados finais irão recompensar todo o seu trabalho.

A primeira representação em caráter privado será para os professores de Português e os alunos do 9º C, assim como um teste;

depois, com os artistas já mais firmes e desinibidos, levarão para o colégio todo e finalmente para os pais. E Marina sonha, talvez mais tarde, quem sabe, as coisas começam assim simplesmente, irão para as grandes companhias teatrais! E ela, de diretora, passará a ser uma nova Fernanda Montenegro! Consagração total!

Mesmo ensaiando, vivendo o papel de uma maneira integral, Mariela não se desliga do seu segredo e, talvez por isso mesmo, ela se dá tanto, parece até uma estrela consagrada, afirmam os colegas, poxa, ela tem jeito, deve cursar a faculdade de Arte Dramática, ir pra Hollywood, lá, sim, tem ótimos diretores, não desfazendo da Marina, que, poxa, orienta muito bem.

Nos estudos, nos ensaios, de lá para cá, tudo ia bem, menos... Mariela não recebeu mais nenhuma pétala. Até Martha se esqueceu da história. O interesse era mesmo a representação. Precisavam correr, faltavam poucos dias.

Numa tarde, assim meio triste, apesar de ter tido um bom ensaio, de achar Cris um gato, um artista muito, mas muito legal mesmo, ajudando em tudo, Mariela sente falta da sua pétala vermelha. Por que estes dias sem ela? Por quê?

Mil perguntas surgem em sua cabeça. Mas não sabe responder, o melhor é estudar um pouco.

Em cima da sua mesa de estudos está um caderno que podia até – jurava! – tê-lo esquecido na escola, em algum banco. Há dois dias que o vem procurando por todos os cantos.

– Mariela?

– Que é, Jovina?

– Encontrei esse caderno na caixa do correio, vai ver que você esqueceu ele lá e pensou que tivesse perdido aqui ou no colégio.

– Está bem, obrigada.

Abre o caderno, precisa estudar, e dentro dele, na página marcada, a pétala. Assusta, quase grita pela mãe, depois é como se tivesse descido ali uma estrela, talvez a estrela de Natal.

14

As últimas provas do ano. Martha está com medo, assustada. Brincou muito durante as aulas, não prestou atenção e, agora, procura um modo de se livrar das consequências de sua atitude e não o encontra.

Três matérias, nenhuma a menos, está mal em três matérias, precisando de notas. Já anda até atordoada, meio zureta de tanto pensar e a única solução que encontrou até agora é estudar, estudar, estudar.

Dureza de vida, poxa! Métodos ultrapassados esses de ensino, exames, notas, tudo ultrapassado. Nem parece que estamos na era da informática.

E não adianta reclamar e adiar, dizer que está com razão, nada mudará a estrutura da educação, isso pertence ao... ah! já sabe, ao Ministério da Educação. Se todos os estudantes se unissem, mas a classe é a mais desunida possível. Se todos se unissem num protesto monstro contra exames, notas, professores, obrigatoriedade de presença... Poxa, até que seria bom ir à escola!

Estava no meio da solução de como ser estudante sem estudar, quando o telefone toca. Atende. É Gaby na mesma deprê, quatro matérias sem nota, as provas finais buzinando na porta.

– E daí, qual a solução?

– O que você acha, já sacou o assunto? Cair em nocaute em cima dos livros, nada de bate-papos nem saídas, quem sabe se a gente arranja professora particular, a turma toda.

– Tava pensando em ser hipnotizada, tem um cara que trabalha pro meu tio, ele hipnotiza de a gente cair dura na hora, melhor que a sua ideia.

– Poxa, você dá um jeito pra mim, dá? Se não passar, já pensou nas férias? Ficar sem a praia, poxa! Isso é desumano, você não acha?

– Também, quando me lembro do professor de Matemática na minha cola o ano inteiro, desisto! O melhor é a gente se agarrar com os livros e com santos fortes. Telefonei pra aliviar a massa cinzenta, como diz o velho.

– Que é isso?

– A cuca da gente – que vira massa cinzenta quando fica velha. Tchau.

Assim não dá pé, telefonemas, telenovela, bem no capítulo em que todos os problemas vão ser solucionados, um novo programa, que há muito vinha sendo anunciado, de músicas com astros americanos e tanta coisa mais, tão mais importantes que dois mais dois igual a quatro. E se fosse três? Seria bem engraçado se de repente os matemáticos descobrissem que dois mais dois é igual a três! Teriam que começar tudo de novo, desde a tabuada, o ensino seria suspenso por uns tempos! Que bacana!

Também é muita coisa pra um dia só: levantar às seis e deitar às dez horas. Poxa, tirando o tempinho gasto com comida, banho, música, que não é só do corpo que vive o homem. Isso falou o João Paulo e ela dá muita atenção ao que o Jopa fala, cara bacana, todo mundo gosta dele na escola!

Como ia pensando, um tempinho gasto com o... o quê, mesmo? Alma? Espírito? Qualquer coisa assim, e o tempo voa. Se esqueceu de três matérias, mas como encaixar tudo, tudo isso no horário? Se esqueceu tanto da Matemática que agora ela vem apitando atrasada.

O melhor mesmo é pedir à Márcia pra estudarem juntas, ela não tem matéria atrasada, não está precisando de notas.

E se chamar professora particular? Vai dar bagunça, minha mãe vai achar que eu não prestei atenção nas aulas e que estou querendo é reunir o grupo pra brincadeiras. Poxa, que vida! Tudo azarado, o horóscopo só dia 13, agosto, sexta-feira! Vou me benzer.

Liga o rádio para sair da fossa. A música toma conta do quarto, desce a escada, esparrama pelo *hall* e vai alcançar os ouvidos de seu pai, que acabava de entrar.

– Martha, boa tarde.

– Você chegou, papai?

– Acabo de ser recebido pelo seu rádio. Como vão os estudos?

– Assim, assim...

– Não quero ser chato, mas, no próximo ano, que sua própria experiência sirva de lição.

– É, você tem razão. Como vovô fala? Gato escaldado tem medo de água fria, não está certo?

– É isso mesmo, não vejo nenhum resultado positivo em se queimar tanto assim, nos últimos meses de aulas. Você não acha melhor estudar desde o começo do ano? Um pouquinho, não é necessário se matar muito!

– Falou e disse, não precisa repetir, concordo.

– Então, se concorda, por que não pratica?

– Vou praticar no ano que vem.

– Sua mãe está?

– Não, ela teve um chamado. Você tá vendo no que dá casar com médica? Chega em casa e não encontra a mulher.

– Encontrei minha linda filha. Sua mãe faz falta pela presença, mas ela está no consultório; hoje é seu plantão no HC, não é?

– É, papai.

– Vamos descansar um pouco? Seu rádio pode ser menos barulhento?

– Vou diminuir o volume. É engraçado, nós, os jovens, refrescamos a cuca ligando o rádio no volume mais alto e, pra vocês, ele funde.

– Pois é, filha, há tanto chão a nos separar. Eu, por exemplo, nasci em 1930, você tem 14 anos... talvez essa distância não se conte em anos e sim nos passos gigantes da evolução – comunicação, transporte, ciência! Como a humanidade correu nestes anos que nos separam! Imagine só, vi crescerem o cinema, a televisão, nascer a internet. Nas ciências, as sulfas, as vacinas, os antibióticos, vi com horror o homem desintegrar o átomo.

– Por que, papai, o horror? Não foi um bem pra humanidade?

– Porque no início de seu descobrimento foi utilizado na destruição. Duas cidades japonesas arrasadas até as últimas consequências, elas e suas gerações futuras.

– Poxa!

– Olha, se esta é a sua mais alta exclamação, digo-a também, poxa! Você nem pode imaginar como o homem caminha com uma força, um poder que chamamos total.

– Vai até a lua, não?

– Pois é. Até o século XIX isso não passava de uma ficção científica, como chamamos agora a esse tipo de literatura. Júlio Verne era um visionário, um sonhador. E tudo o que sua prodigiosa imaginação idealizou o homem está realizando, vai à lua, ao fundo do mar, arranca da terra seus mais ocultos tesouros e assim se julga o dono do universo. É o rei.

– Ele quer tudo?

– Sim, creio que o homem quer tudo, daí essa luta de vocês jovens, esse anseio, nem sabem bem por onde começar, e essa distância tão grande a nos separar.

– Antigamente não era assim?

– Você diz "antigamente", e no entanto nossa mocidade está tão perto! É que vocês, jovens, não caminham, voam a jato. Nós não nos distanciávamos tanto de nossos pais. No tempo de seus avós uma menina com 14, 15 anos, que agora está na adolescência, já era considerada, ouça bem, adulta, responsável, sempre junto à mãe, participando do governo da casa, cuidando dos irmãos menores. Era uma mulherzinha se preparando para ocupar seu lugar no mundo como dona do lar. Somente mais tarde é que ela, a mulher, começou a reclamar seus direitos como companheira, tentando mudar a errada estrutura da sociedade. A mulher, como é de justiça, começava a participar. Principalmente depois que surgiram os novos meios de comunicação.

– A gente ouve falar tanto em meios de comunicação – isso é tão importante assim?

– Se é, filha. O avanço irrefreável da humanidade se deve, em parte, às responsabilidades de você estar a par do que se passa a seu redor, na lua, em Marte, no Japão.

– Sabe, Martha, essa possibilidade de comunicação diminui distâncias, o mundo tornou-se pequeno, você não está mais separada do jovem francês, do esquimó, do africano ou do mexicano. Vocês sentem que estão ligados entre si, fortemente, e desejam a paz como bem supremo. Paz interior e exterior. O pior é que, por serem jovens, não sabem como alcançá-la, desligaram-se de nós, completamente, e querem caminhar sós.

– Pai, mas esse problema é nosso, nós é que queremos construir nossa paz. A gente vê o mundo assim de um jeito, vocês de outro. Não dá pé, não, pai, a gente precisa construir um mundo em que a gente vai viver, né? E sabe de uma coisa? Parece que nós, os jovens, e vocês, os mais velhos, olhamos pela mesma janela, mas a diferença tá em que cada um vê uma paisagem diferente. Cada um a sua.

– Martha, você é meio poeta, filha, bonita sua ideia, mas, como todos os jovens, se esquece de que vive num mundo construído por nós e pelos nossos antepassados.

– Bem, peguei você no pulo, papai. Então por que vocês criticam tanto a gente, se foram vocês que nos criaram e nos deram este mundo construído por vocês?... E, sabe, foram vocês que criaram a tal bomba atômica.

– Vejo que se minha filhinha está atrapalhada com as notas não é por falta de inteligência, ela é inteligente até demais. Sabe, minha filha, o que daria certo é vermos pela janela a mesma paisagem e, se faltar algum detalhe, aquele que tiver maior visão mostrará ao outro o que vê a mais. Venha aqui ver aquele caminho, ele é o certo, aquele outro leva ao precipício, você está vendo? Construímos mesmo a bomba atômica, há muito erro a redimir deixado pela minha e por outras gerações. Vocês abram os olhos para evitá-los...

– Mas até aí, pai, quem sofre é a gente – os mais fracos. Se eu fosse a lei, aquele xerife com a placa no peito, decretava a maioridade – é assim que se fala? – de todos, assim todo mundo já nascia maior.

– Ótimo, ótimo mesmo. Todo mundo já nascia com a mesma vivência, com o diplominha embaixo do braço, e todos trabalhariam igualmente.

– Ah! é essa a diferença, pai? Vocês trabalham, ganham e a gente é parasita, não é?

– Não, filha, não atrapalha a nossa linda conversa. Não está no dinheiro, propriamente, mas sim na possibilidade de viver independentemente, sem ofender a independência do outro, sem dela depender. Saber ser livre sem abusar dessa liberdade.

– Papo-furado, conversa de pai, sabe? Há tanta gente grande, adulta, pai, mãe, avô, avó, sei lá, a fazer coisas que vocês mesmos chamam de errado.

– Certo, vocês esperam que nós, adultos, acertemos sempre?

– É, pai, a gente espera isso, sabe? Vocês estão sempre dando conselhos, são os tais, né?

– E se erramos, erros que vocês notam, estamos falhando, não é?

– Certo. Se eu disser, poxa, este é o caminho certo e pego o errado, é papo-furado ou não é?

– Peguei você na ratoeira, minha ratinha. A opinião que vocês têm dos adultos é a de que devemos sempre acertar, não é? Então, por que vocês, adolescentes, que ainda procuram o caminho, não aproveitam as nossas experiências válidas? Existe uma boa porcentagem, não é mesmo? Concorda comigo? O bom, o melhor, seria se nós, os adultos, e vocês, os jovens, tivéssemos coragem para analisar juntos os nossos erros e acertos, para procurar o caminho, sem querer e sem pretender impor.

– Velho esperto, assim não vale conversar, você sempre dá uma de advogado. Mas, sabe, isso que você disse agora deve estar certo, eu acho assim também...

– Ratinha, aprenda meu ofício... E sua mãe que não aparece? Estou com um poço vazio no estômago, não aguento mais de fome. Você não quer me servir um pedaço de queijo?

– Dra. Gisele ao telefone.

– Já vou, obrigado.

Alguns minutos depois volta à sala e com ar cômico dá o braço à filha:

– Senhorita Martha, dá-me o prazer de um jantar a dois? Sua mãe não poderá vir, ela vai operar uma menina no pronto-socorro.

– E você ri, pai? Coitada! Ela vai ficar sem jantar!

– Sinto pena apenas pela menina. Quanto à sua mãe, ela não disse que quer emagrecer dois quilos?

Encaminham-se alegremente para a sala de jantar e Martha, talvez influenciada pelo bate-papo anterior, toma ares de dona de casa.

15

– Júlio, vamos hoje ver o jogo do Palmeiras × Santos? Promete ser bom e há muito que não vamos juntos ao futebol.

Júlio recebe o convite do pai pelo telefone, com certa desconfiança, nem sabe por quê. Enfim, há tanto tempo que andam separados e, além de tudo, tinha combinado ir com três amigos ali do bairro, na geral, que o dinheiro pra luxo não dá não.

– Sabe, pai, o Marcelo, o Pedro e o Carlos também vão, já tava combinado de a gente ir junto na geral. Sabe como é, a grana não dá pra reservado, né?

– Ora, filho, vou de geral com vocês, é mais gostoso. Junto com os jovens a gente pode torcer mais, de quando em vez um palavrão até alivia a tensão. Esta vida que eu estou levando de trabalho está me deixando neurastênico. Preciso me desabafar um pouco, voltar aos velhos tempos. Ando sentindo falta dos nossos passeios, ida ao clube de xadrez... Vamos organizar umas saídas... Pensei em começar pelo futebol...

– Tá bem, pai, falo com a turma. Você leva a gente ou nos encontramos lá?

– Levo, vamos de carro, precisamos ir cedo para encontrar lugar. Hoje vai lotar o Pacaembu.

– E o jantar?

– Cante sua velha para ela servir mais cedo, eu apareço lá pelas seis, cabulo mais uma hora de escritório. Olhe, convide os rapazes para jantarem, assim evitamos atrasos. Não se esqueça de avisar a fera!

– Combinado, pai. Obrigado.

– Eu é que agradeço sua companhia, filho.

Assim, cabulando uma ou duas horas de serviço como falou, dr. Leone antes mesmo das seis já se encontrava em casa, pondo uma roupa mais esportiva. Escolheu de propósito uma camisa colorida, bem alegre, não queria parecer tão coroa perto do filho e seus amigos.

E desceu para o jantar. Já estavam os quatro esperando na sala, defronte da televisão vendo um bangue-bangue, no qual o super super-herói matava cem índios para salvar a mocinha.

– Boa tarde!

– Oi, pai.

– Como vai, dr. Leone?

– Boa tarde para todos. Como vão os pais de vocês? Será que o jantar já vai ser servido? Morro de fome...

– Nós também...

– O senhor está o fino com essa camisa!

– Eu ia dizer isso, se eu fosse o senhor, nunca usava gravata e camisa de colarinho.

– Sabe, são os ossos do ofício, não posso ir ao escritório como vou ao futebol. Mas isso vai mudar, vocês estão fazendo força para que a vida seja simplificada. Imagine se no meu tempo de jovem eu me sentaria à mesa, para jantar, sem gravata! Seria um sururu!

– Que é isso?

– Termo da gíria do meu tempo, o mesmo que "fechar o tempo" para vocês. Meu velho era intransigente, mesmo. Às vezes eu acho que foi bom para mim, ele soube me educar, mas em certas ocasiões acho que houve exagero e custo a me libertar de certas coisas, pequenas e tolas exigências que a juventude atual nem tolera mais. Vocês sabem, a casca já está dura...

– Doutor, o jantar está na mesa.

– Opa! Vamos? A coroa hoje está cooperando, não? Jantar às seis e meia, até parece no interior.

– É, a mãe é bacana.

– O pai também – diz uma das meninas.

– Você se esqueceu de falar que o pai é bacana – confirma a outra.

– Ora, filhinhas, não é preciso isso não, entre nós homens, não é mesmo? Vocês não acham?

– Por que, pai?

– Ora, homem dispensa elogios, faz seu dever e pronto. Mulher é que precisa mais de uma palavra de estímulo e carinho. Isso é bom que vocês aprendam, rapazes, nunca neguem uma palavra de carinho, de estímulo, de agradecimento a uma mulher, moça, criança, coroa. Sabe, carinho, atenção são tributos que deverão ser prestados a elas. Para nós, um aperto de mão, um tapa nas costas, um futebol juntos, não é?

Júlio, sentado ao lado dos amigos, não está entendendo o pai, parece outro, mais moço, falante, alegre. O que está acontecendo?

Olha para a mãe, ela serve o jantar, participa como se sempre fosse assim – tudo muito em paz, aquele bate-papo, os colegas gostando. Nada de "Júlio, penteia os cabelos, lava as mãos, troca essa roupa suja de graxa"... Então tem a noção de que ele, Júlio, estava limpo, penteado como os amigos, e que não era tão difícil proceder desse modo, que enfim era bem melhor esse jantar – antigamente era assim – sem complicações e aborrecimentos.

Como não havia compreendido isso há mais tempo? Lançara toda a culpa do desacordo no pai.

– Júlio, você está na lua?

– Não, mamãe, eu estava pensando que... acho que plantando dá.

– O Júlio está com a cuca fundida – diz uma das meninas.

– Que história é essa de plantando dá? Você está com vontade de organizar uma horta?

– Não, eu pensava que quem planta, colhe. Não sei onde ouvi isso... me lembrei agora.

– Você nem ouviu a conversa bacana de seu pai – diz Pedro.

– O que você acha desse papo, que nós, jovens, estamos construindo o século XXI?

– É certo?

– Seu pai está dizendo e, pensando bem, é isso mesmo. Eu tenho 14 anos...

– Desculpe, dona Magali. Mas a senhora quantos anos tem?

– 38... logo 40 e o tempo corre.

– Mas até vocês chegarem à maturidade terão que passar pelas décadas bem ativos, jovens, participantes.

Os meninos ouvem com atenção, isso é novo, interessante e real, verdadeiro!

– E daí, dr. Leone, a gente está construindo o século XXI?

– Como eu ia dizendo, já que vocês vão viver nesse século tão esperado, tão cheio de promessas, tão cheio de mistérios, eu pergunto e é séria minha pergunta: por que vocês não começam desde agora a trabalhar para que esse mundo seja mais justo, sem guerras, sem misérias, sem crimes?

– De que jeito, pai? Você acha que nós podemos alguma coisa, se na escola a gente é orientado pelos professores, e em casa pelos pais? Jovens não têm vez, não.

– É, você está certo, Júlio, muitas vezes eu penso de um jeito, imagino que estou certo e depois a coisa é ensinada de outro modo pelos chefões.

– O senhor, dr. Leone, não fique bronqueado, mas quem vai construir o mundo pra gente viver são os coroas.

– Isso é certo – confirma Carlos. – Não é papo-furado não, olha só, a gente nem tem direito de dirigir. Então!

– Ora, isso não impede que vocês participem da formação de uma nova humanidade cheia de paz e amor. Essa não é a divisa de vocês? A mais linda traçada até hoje pelos jovens! Trabalhem, lutem para que ela seja respeitada.

– O senhor então é a favor da guerra? Diz pra gente lutar!

– Luta é sinônimo de guerra? Não, aqui falo da luta pela defesa de um ideal, um ideal de justiça, paz, enfim, de amor entre os homens.

– Pai, mas você não respondeu à minha pergunta: se a gente é guiado, como construir?

– Agora, vocês participam, o servente de pedreiro põe um tijolo sobre o outro, orientado pelo mestre. Se ele colocar bem os tijolos e o mestre souber bem o ofício, o muro sairá bom, com prumo certo! Em geral, o que os mestres, os pais ensinam é bom, sempre visando à educação dos adolescentes. Pode ser que nem sempre os métodos adotados sejam os melhores, estejam de acordo com o temperamento dos alunos. Mas, também, há uma coisa, vocês precisam aprender a conversar com os coroas e mostrar-lhes a razão, com explicações pacíficas, dialogando, que a juventude atual, que vocês adolescentes não são vasos que recebem tudo e que tudo ali vai se armazenando, acumulando.

Todos ouvem atentos – isso é bem interessante.

– Vocês devem provar, convencer os professores, aqueles encarregados de ajudá-los a se encontrar e a compreender a vida, de que são vasos comunicantes.

– Ah! Isso a gente sabe bem o que é!

– Então, não estou certo no que afirmo? Vocês recebem – isso é importante a juventude atual conhecer e está difícil aceitar –, nós, os mais velhos, de outras gerações, temos muito o que dar a vocês. E se temos! Nossa experiência é válida, certa ou errada. A certa, vocês recebem, guardam, dão um retoque; a errada põem de lado depois de analisar o porquê do erro, da falha. De posse disso, feitas as análises, seleções, e desfeitas as dúvidas, então está na hora de agir. Isso nos foi vedado, nós não fomos educados assim. Recebíamos, tínhamos que aceitar como nos era dado. Somente quando adultos, já casados, formados, íamos participar, intervir.

– Então é por isso que o senhor diz que estamos construindo o século XXI?

– Evidentemente, e eu tenho certeza de que uma nova era vai surgir para a humanidade, porque, junto a muitos desequilíbrios e inquietações naturais desta fase quase experimental que o homem atravessa, os jovens procuram, anseiam pela paz e pelo amor!

– Se vocês não começam a sobremesa, perdem o futebol.

– Você tem razão, dá duas fatias de abacaxi que ele está com ótimo aspecto.

Acabam o jantar e se despedem.

– Voltem sempre, lembranças.

Tomam o carro, o trânsito exige cuidado, todo mundo parece se dirigir para o Pacaembu, também o jogo é do Palmeiras contra o Santos!

– Que pena, o papo estava bom – diz Marcelo. – Isso que a gente conversou é muito bacana.

– É mesmo.

– Não dá pé pra gente continuar noutro dia?

– Se dá, venham conversar numa destas noites, combinem com o Júlio, mas tragam permissão dos pais – e ri alto.

O jogo foi fabuloso, os jogadores pareciam leões a defender sua cria – a bola. Assim mesmo, o Santos perdeu e a turminha toda do Palmeiras voltou tão alegre que não parava de comentar os passes, o ataque, a defesa.

– Pena ser tarde, senão vocês poderiam ficar em casa ouvindo os comentaristas.

– Obrigado, amanhã a gente tem aula às sete horas.

– Gostei muito! E desculpem os palavrões.

– Que é isso, dr. Leone, a gente também disse uns.

Foram ficando nas suas casas e logo depois Júlio e o pai também chegam na deles.

– Júlio, guarda o carro na garagem, por favor.

– Sim, pai.

Que velho bacana, confiar nele pra guardar o carro na garagem!

– Bem, filho, foi gostosa a noite, seus amigos são muito simpáticos, vivos e inteligentes. Deu gosto sair com eles, foi um prazer mesmo.

– Obrigado, pai, o senhor também foi bacana.

Sobem lado a lado a escada em silêncio, porque a mãe e as meninas já deviam estar dormindo.

– Até amanhã, pai.

– Durma bem, filho.

No quarto, Magali esperava pelo marido, lendo.

– Como foi?

– Ótimo, sinto-me feliz, e se não fosse você talvez eu não acertasse o caminho, estava mesmo vendo tudo meio escuro.

– Ora, isso acontece. Às vezes outros, de fora, veem melhor que nós. Já disse, pai e filho precisam aprender a dialogar, só isso, nada mais onde há amor!

No seu quarto também Júlio pensava no mesmo assunto – a noite fora bacana, os colegas elogiavam seu pai, divertiam-se muito, aquela parada no bar para tomarem um refresco e comerem hambúrguer. O convite para um novo papo... "Velho legal!" E dorme.

Mas, pela manhã, ao acordar, o primeiro pensamento que vem em seu consciente é a lembrança do cheque falsificado. Será que a mãe notou? Contou para o velho?

Toda a alegria da noite passada desapareceu, resta somente um gosto amargo, inquietação, desânimo. O que fazer? Procura evitar a deprê, mas não dá pé. Lembra-se de uma conversa com o professor de História: ele disse que nem tudo de errado que a gente faz deve ser considerado erro. A questão é não desanimar, ele disse, ter coragem de recomeçar por outro caminho.

Júlio abre a janela, o dia está tão lindo, um sabiá já canta na árvore do jardim. Ele respira com força o ar, seu peito de atleta dilata. "Não, não vou me afundar no poço. Vou é lutar, isso sim, vou lutar. Falo com o pai, hoje mesmo! Sou ou não sou homem? Agora deixo de ser menino, não quero mais seguir os outros sem pensar. Preciso começar a participar da construção desse mundo melhor, pô!"

Prepara-se para ir à escola, desce, toma seu lanche. O apetite voltou! Está na sua, ouve o pai lá em cima se aprontando. Agora, não, precisa de tempo para poder falar tudo o que aconteceu – no passado –, porque não vai acontecer mais. Diz à empregada:

– Você avisa meu pai que já fui, tá? Que preciso chegar mais cedo na escola. Obrigado.

Sai. Há muita gente na rua que já vai para o trabalho, para a escola. Hoje, tudo parece novo, diferente, tudo é mais lindo, a cidade parece lavada, limpa.

No colégio, os colegas, Márcia com quem fala um pouco, diz:

– Júlio, você está com outra cara, bicho, anda gamado por alguma menina?

– Não, Márcia, depois eu conto. E você com o Jopa?

– Tudo bem, tudo azul... E seu pai?

– É dele que quero falar, descobri que o velho pode ser legal. Ontem fomos ao futebol.

Berrémmm...

– Márcia?

– Que é? Fala logo!

– Obrigado, sabe, você me ajudou muito.

– Que é isso, cara? Pra isso é que a gente é irmão, ou não é?

– Depois a gente conversa, tá? Hoje temos aula com o Zerô.

– Tchau...

16

– Mariela?

– Hein?

– E seu apaixonado misterioso, deixou de ser misterioso?

– Creio que deixou também de ser apaixonado...

– Você não recebeu mais pétalas?

Mariela despista, entra num grupinho, não quer repartir seu segredo nem com a Martha.

– Vamos ao ensaio?

– Poxa, tou começando a ficar nervosa.

– Nervosinha?

– Então não é pra ficar? Faltam somente cinco dias...

– Primeiro vamos levar a peça pra nossa classe, pra dar tempo pra sentir se a gente representou bem ou não!

– É, você não sabe que os maiores críticos são os de casa? Você vai ver só os comentários, os risinhos.

– Mas a Marina não ensaiou bem? Vocês estão com medo?

– Ensaiou sim, se matou, a pobrezinha. Pena você, Pedro, não ter entrado. Está muito bom, todo o grupo.

– Então os artistas não correspondem aos esforços da diretora?

– Também não, nem pense isso, todo artista fica nervoso na *avant-première*.

– Poxa, vocês estão mesmo na transa teatral, até no vocabulário!

No recreio, num canto preferido estão reunidos os elementos inseparáveis do 9º C e, para não deixar o hábito, criticam todos os pobres coitados que transitam por lá.

– Vocês já notaram como o Júlio saiu da deprê? O que vocês acham que era, hein, meninas? Penso que é por causa de Márcia, que anda dando bola pro Jopa!

– Não, papo-furado. Você não dá pra detetive, a Márcia é amiga de infância do Júlio e foram colegas desde o Jardim.

– Ué, e o que tem tudo isso? Então não podem estar gamados um pelo outro? Coleguinha de infância ainda é melhor. Minha prima namorou o marido dela dez anos.

– Dez anos? Não enjoou?

– Enjoou nada, nunca vi gamação igual, não se largam, estão sempre juntos. Vocês não veem a Fúlvia e o Sérgio, que namoram desde o 1º ano?

– Mas o plá de Júlio é outro, não é namoro não. Ele andou na deprê, desligadão, não brincava, não arreliava ninguém, não dava bola nem pros seu cupinchas. Andou, o coitado, curtindo algum problema.

– Que é isso?

– Cupincha? Atrasadinho, não? É assim como carrapato, um bichinho qualquer... parece que é cupim...

– Nem você sabe direito, vou ver no dicionário.

– Você tem mania de dicionário, Danilo.

– Isso dá um saber, um conhecimento... Quando quero impressionar alguma menina, digo palavras difíceis.

– É, e depois não sabe traduzir.

Risadas. Tudo é motivo para gozação, tudo.

– Eu acho que agora o Júlio vai participar dos torneios.

– Ele já se inscreveu no campeonato de xadrez e vai competir pelo colégio nos jogos da primavera.

– Do jeito que ele andava, até cheguei a pensar que este ano nós nem mandássemos representação.

– Vai ver que ele teve gripe. Também, parece que o inverno não para mais! Eta tempo besta! Ando louco por uma piscina.

– Gripe? Pode ser, mas eu acho que foi o cachorro-quente.

Muitas risadas, gargalhadas. O tal cachorro-quente, diagnóstico do Júlio, serviu de desculpas para muita gente não fazer lição, sair da classe, ficar deitado na carteira.

– Vamos dar uma volta, gente, preciso andar, meu médico de regime quer que eu ande muito.

– Você, Miua, vive fazendo regime e em todos os lanches come um cachorro-quente com refrigerante! Que regime é esse, de engordar?

– Ô, como você é faladeira, pô! Dou três voltas no recreio, uns quatro quilômetros, né? Queimo assim as calorias todinhas, passar fome não posso, estou na idade de crescimento.

Risadas, mas tantas, que Martha até precisa enxugar os olhos e pede lenço emprestado para Tami. Três voltas? Quatro quilômetros?

– Sabe, o que engorda mesmo é comida na boca, até cuspe. Vi um faquir fechado num caixão de vidro um mês, saiu de lá carregado, mas saiu o próprio esqueleto. Era só ossos. Ele não comeu nem bebeu, na-da, tá ouvindo?

– Ô, deem uma olhada de detetive disfarçada, já vi o Cris três vezes apanhando pétalas daquela roseira. Só da vermelha. Vocês sabem se ele anda fazendo experiências no laboratório? O que acho esquisito é que ele olha de um lado, de outro, e quando não vê ninguém por perto é que corre a apanhar a pétala.

– Por que você não pergunta o que ele está fazendo?

– Quem sabe se ele está louco, minha avó falava de uma empregada louca que vivia esperando um príncipe montado num cavalo alazão! E com penacho na cabeça!

– Bacana... Ué, que você tem, Mariela? Você está doente? Está com cara de quem vai vomitar.

– Não, não é nada, vou lá... – e sai correndo.

– Vai ver que o tal cachorro-quente ainda está fazendo efeito... Vou comer outro sanduíche de queijo, também estou sentindo dor de barriga.

– Imagine se é cachorro-quente, você come demais.

– Acho bom a gente ver o que a Mari tem.

Saem atrás da amiga, que corre com o coração batendo mais que um pêndulo, tão emocionada, que atravessa o pátio dando de encontro com colegas e vai se esconder no único lugar privado que tem por lá – a privada! Fecha a porta e encosta a testa no ladrilho da parede. O frio que sente é gostoso, agora sozinha já pode pensar... É o Cris, quem ia imaginar? Está tão contente – Cris!

Fica por lá uns momentos, tentando acalmar o coração ansioso, quando ouve as amigas chamarem.

– Mari, onde você está?

É melhor sair, elas não darão paz.

– Já vou, esperem um pouco.

– Tá melhor? Precisa de ajuda?

– Já vou.

Abre a porta e sai. As três, Miua, Martha e Tami, estão fora esperando.

– Que foi?

– Vomitou?

– Sim... estou melhor, já passou.

– A gente veio correndo atrás, mas você correu depressa.

A aula passou, nem sinal de envelope e nem Mariela conseguiu ouvir o que o professor falou. Somente ouvia o som do coração a repetir baixinho: Cris... Cris...

– Sabe, Mari, você correu naquela hora e o Cris disfarçou e não apanhou o botão! Deixou ele lá. Olha só a cara dele. Você acha que ele tá louco, como falou a vó da Miua?

– Não, não sei, a Miua deve saber.

– A Gaby disse pra gente vigiar ele.

– Então a gente faz um trato, tá? Eu vigio, quero ver se dou pra detetive, deixem essa transa por minha conta, tá?

– Tá bem, falo com as outras, a gente disfarça que não viu nada e você fica de olho. Ele não viu você.

–Vocês duas, se querem conversar é só ter paciência e esperar dez minutos, que a aula vai acabar. No meu tempo havia mais...

– Educação, não é professor?

– Pelo menos os alunos ouviam as explicações em silêncio.

– Sabe, professor, desculpe a palavra, ela vomitou no recreio e eu tava perguntando se ela melhorou. Isso faz parte da educação, não faz?

– Então, nesse caso, eu é que peço desculpas, pensei que fosse conversa fiada.

– Poxa, professor, numa aula tão bacana como o senhor dá, a gente ia conversar? Longe disso!

Berrémmm...

Ninguém quer saber de civismo nem de educação, todos se empurram, lá fora há sol, a turma do teatro está com pressa, no barzinho há refresco e a garota mais linda deste mundo – Cecília – a servir, não dá bola pra ninguém – já há uma competição masculina e uma torcida feminina para ver qual dos estudantes consegue dela um sorriso.

Mariela sai e se esquiva da turminha. Em sua cabeça há uma grande mistura de pensamentos, de imaginação, de desejos. Também seu papel na peça é romântico e isso aumenta sua fantasia.

Procura Cris, ele conversa com Pedro e Carlos, dá risada, vai ao bar tomar refresco e depois, disfarçadamente, sai em direção ao jardim. A menina segue-o com o olhar, com aquele olhar especial de quem quer ver e não está olhando, ele sobe no gramado, onde há um cartaz bem grande dizendo "Proibido subir na grama e apanhar flores" e está tirando de uma rosa entreaberta, com gestos delicados, uma pétala. Uma única pétala vermelha, que ele coloca na palma da mão em concha e... ao se virar, dá com Mariela. Assusta-se, fica vermelho e depois sorri, malicioso.

– Você aqui?

– Oi... – é só o que Mariela sabe falar.

Olham-se, não com aquele olhar ensaiado na peça, onde fazem casal romântico, mas são dois adolescentes que, pela primeira vez, descobrem, um no olhar do outro, a mensagem de amor.

– Cris, você?

– Você não está de mal comigo, tá? Isso não vai acabar com nossa amizade de colegas, vai?

– Cris, por que você fez isso, está brincando comigo?

– Você acha? Não recebeu meu bilhete? Sabe, é verdade aquilo que escrevi. Pô, se é verdade, nunca falei mais sério em toda minha vida.

– Aquilo o quê?

As perguntas mal saem de seus lábios secos... está assustada, tranquila, feliz, sente – que absurdo! – vontade de chorar. Está alegre e triste... tem duas Marielas em si? Como é bom, bacana, ter acontecido isso.

– Você não sabe que estou gamado por você? Gamado mesmo, todinho. Sabe, faz tempo que estou pra perguntar se você quer ser minha namorada, eu pensava em falar, em dizer isso pra você, depois eu via você conversar muito no recreio com o Jopa, ele é meu amigo, gosto de lealdade. Então, sabe, eu tou mesmo gamado, acho tão bacana mandar rosas quando a gente gosta, mas cadê a grana? Não dá, não, as rosas custam muito. Resolvi mandar as pétalas – parecia que eu... sabe, parecia que você ia ficar pensando em mim.

– Mas eu não sabia quem era.

– Eu sei, tomei cuidado. Mas você pensava, não pensava, quando recebia a pétala, quem podia ser? Pensava, não é?

– Sim, pensava. Muito bacana, Cris, muito.

Ele sorri, seus olhos estão cheios de doçura e carinho.

– Você gostou?

– Gostei muito, muito mesmo.

– Se eu soubesse, tinha mandado antes.

– É tão bacana, até parece história de romance, de novela. No dia em que não recebo, fico triste.

– Não fica não, quando não mando é porque choveu e não tinha mais rosas vermelhas. Hoje abriu este botão e eu ia mandar. Aquelas intrometidas viram quando eu fui apanhar, disfarcei.

– Onde você ia pôr?

– No seu caderno, enquanto você estava conversando.

– Ah! E não vai pôr mais?

– Você quer?

– Se quero...

– Sabe – e ele pensa um pouco – eu prefiro dar pra você. Quer? Gosta assim?

– Gosto.

– Quantas vezes fiquei pensando como você fazia quando encontrava a pétala. Eu pensava nos seus olhos, tão bonitos, ainda não consegui descobrir se são verdes ou azuis, de que cor são?

– São...

– Vocês, aí, saiam da grama, são analfabetos? Não leram o aviso? Ou estão ensaiando alguma cena da peça?

– Pô, a gente tá pisando na grama!... – saem correndo, de mãos dadas, dando risada.

– Agora você vai me dar a resposta? Quer me namorar? Quando fui apanhar a pétala, eu disse pra ela, baixinho: "Você vai pertencer a uma garota bacana, linda de morrer, estou gamado por ela e diga pra ela gostar de mim um pouquinho...".

– Cris, eu nunca namorei.

– Nem eu, só que desde o começo deste ano fiquei gamado, não pude evitar, você é tão bonita!

Mariela caminha, "onde vou pisar, sou capaz de tropeçar e cair, de sair dançando pelo mundo, de cantar alto no meio do pátio".

– Mari, você... o sinal já deu, diga logo, senão eu não assisto à aula direito e a gente tem prova, diga, você não gosta de ninguém, gosta?

– Gosto.

– Ah! Desculpa então, eu já devia saber, tão bonita, azar meu.

– Você não quer saber quem é o cara?

– Diga, vamos saber quem tirou a sorte grande, né? Pra mim, sabe, deu zebra.

– Cara desanimado, entrega os pontos assim?

– Há esperanças? Posso? Sabe, que...

– Será que você é mais bacana que o meu namorado?

– Sei lá, diga, por favor, quem é o cara.

– Cris.

– Vocês dois aí, vamos.

– O professor espera a gente de braços abertos para as provas. Com ele, ou tudo ou nada.

– Mariela, você quer dizer...? – Já se sentia afogado, ou melhor, largado no surfe, subindo e descendo ondas. Agora tem somente 15 anos, está gamado pela primeira vez e ela corresponde, é um rei, é um rei e não sabe o que dizer.

Mariela sorri e entram na classe, o professor de Matemática é desligadão, não dá muita bola para comportamentos, horários, o que ele quer é que no fim do ano os meninos tenham aproveitado ao máximo: "Quem quiser estudar eu estou aqui para ensinar bem, melhor do que eu, ninguém. Quem não quiser, não atrapalhando, faça o que quiser". E começa a aula.

E assim, nesse esquema começa a aula, a classe presta atenção porque ele ensina bem, é justo nas notas, não atrapalha a classe com reclamações contra os desordeiros e o barco corre em águas mansas.

– Que farsa a Matemática, a gente sabendo as quatro operações, pra que mais?

– Sua burrinha, quando digo que mulher não alcança a inteligência masculina, tenho razão. Foi a Matemática que levou o homem à lua!

– Pô, essa eu não sabia, pensei que fosse o Sputinik, Danilo.

Mariela senta em sua carteira, a classe está um pouco em desordem porque o professor escreve na lousa. E, de repente, ela se lembra de que não recebeu a pétala, conversaram e ele se esqueceu de entregar.

– Mari... – a colega de trás a cutuca com a caneta.

– Que é? Isso dói, viu?

– Ah! Desculpe, delicadinha. Mandaram isso pra você, que é?

– Sei lá.

– Cuidado, pode ser uma bomba, andam mandando bomba em cartas.

Mariela vira depressa:

– Cartas?

– Poxa, não precisa ficar assim, tava brincando, é recado do Cris, deve ser a respeito da peça.

– É.

– Vocês aí, se não querem fazer a prova não me importo, problema de vocês, o que não podem fazer é conversar. Isso atrapalha o resto da turma que sabe bem o ponto. Creio que vou gastar todos os dez disponíveis com vocês. Nada de colas, está combinado?

Fazer prova de Matemática para quem não gosta dela já é difícil, ainda mais com as palavras dançando na cabeça da gente, dentro do coração: "Estou gamado por você"! E sem poder se virar para trás, dar um sorriso, enviar o dom de um olhar,

de um azul quase verde,
de um verde quase azul,
para que nele singre o Cruzeiro do Sul
e um raio de lua seja um rastro de vela!

17

– Oi, Márcia!

– Como vai, Júlio, tá bom? – A menina o beija.

– Com você por perto, sempre tou melhor.

– Poxa, isso é bacana de ouvir. Vamos andar um pouco? Depois a gente toma uma Coca, tá?

– Você entende, com toda esta complicação, não tenho exercitado os músculos e ando até meio fraco.

– O que você tem feito? A gente se vê tão pouco na escola!

– É, lá não gosto de falar, tem sempre por perto algum orelhudo querendo saber, intrometendo-se. E eu tou louco pra bater um papo legal com você.

– Eu também.

– Márcia, a mãe tá preocupada, pensando que ando doente, e até já falou com o pai.

– E o que você disse?

– Nada, não tive coragem de contar. Sei lá... pra mim é fácil pular do trampolim, mas falar é difícil. Só com você... até com o Jopa, tão meu amigo do peito, a boca não abre. Só com você.

– Júlio, pensei bem, sabe, não esqueci você um minuto, a gente precisa achar um jeito pra você sair dessa transa, começar vida nova, assim você acaba mesmo doente.

– Oh! Eu também já tenho a cuca despedaçada, trapo velho de tanto pensar, pareço essas baratas que a gente põe inseticida nelas e elas viram de um lado, de outro, sem saída. Se você não me ajudar, irmãzinha, acabo na lona.

– Sabe, Júlio, o que eu acho com sinceridade? Vou dizer.

Márcia para, segura o braço do companheiro de infância, olha para ele firme, mas com sorriso amigo, tentando abrandar as palavras que vai dizer e sabe serem duras.

– Eu contava tudo, tudinho mesmo, pra tua mãe. Tia Magali entende. – Ela tratava assim, desde pequenina, a mãe de Júlio. – Tia Magali é amiga, é legal, ela vai dar um jeito nisso tudo.

Júlio caminha pensativo. Está abatido, perdeu aquele ar de lutador, de competidor, de campeão.

– Você acha mesmo, irmãzinha? Pensou bem? Você sabe, só você e o Lauro, só vocês conhecem o tamanho do meu erro. Sou um falsificador, um ladrão, mereço ir em cana!

– O que é isso? Não fique assim, não, meu bem, você está exagerando.

Ela por sua vez está assustada com o que ele diz, porque ela mesma parece sentir assim. Sentir dentro dela era uma coisa, falado, pronunciado alto era outra, tomava mais força.

– Júlio, converse com sua mãe, ela vai ajudar, vai dizer o que a gente deve fazer.

E, esse "a gente", dito tão naturalmente, como se ela também tivesse cometido o erro, foi como uma força renovada em Júlio.

– Sabe, ela vai dizer bem direito o que a gente deve fazer, e você trabalha, se esforça pra não cair noutra, né?

Caminham em direção ao bar, ambos têm a garganta seca, necessitando de um refresco qualquer. O dia é quente, a tarde promete se estender, avançando no horário da noite, há muita luminosidade no ar. Perfumes, é primavera.

– Sabe, Júlio, ainda pensei noutra coisa, que esta transa toda tá servindo pra uma coisa boa.

– Boa? Ah! Isso é um novo plá só pra me animar.

– Boa, sim, bacana até. Você está ficando homem, logo tem 15 anos, né? Até aqui, sabe, você pensava como menino, eu também, a gente nem sabe o que quer, depois as companhias, o Lauro parece um urubu, sei lá, uma ave agourenta, empurrou você pra baixo, você fez uma coisa que não devia, mas agora já sabe que aquilo é errado, não deve fazer mais assim, né? E não faz mais, fim de papo. Ponto final. Você é ou não é campeão? Então não faz mais e acabou. Ele empurrou você? Você mostra que sabe lutar e fica lá em cima e ganha a partida, tá? Conta pra tua mãe, se ela der a bronca deu, que fazer? Aguenta firme, tem jeito não. É um campeonato, você está lutando contra você mesmo. Vamos ver quem vence, o Júlio de verdade, que é legal, ou o outro Júlio, que foi empurrado pelo Lauro. Eu aposto no Júlio meu amigo, legal!

– Poxa, Márcia, legal é você, é o fino! Poxa, anima tanto a gente que até tenho coragem pra falar hoje mesmo com a mãe.

– Isso mesmo, você não conhece aquele provérbio que diz pra não deixar pra amanhã o que se pode fazer hoje? Chega lá, fala com a tia Magali, bate um bom papo, esvazia o coração.

– Márcia, e a bronca?

– Que é isso, cara? Já disse que se ela vier, veio. E um pouco merecida, não?

Dá um sorriso malicioso.

– Sabe, bronca passa, o que não passa é segredo dentro da gente, eu sei. Isso faz mal, parece um bichinho roendo a gente: rói, rói, rói, sem parar. Olha, você anda amarelo, até feio! As macacas do seu auditório não notaram ainda?

– Pra falar a verdade, fugi de todo mundo, ando mesmo é na deprê. Mas hoje vou falar, ainda que seja pra levar umas chineladas.

– Opa! Nunca vi sua mãe dar chineladas nem quando merecia. Você lembra aquela boneca da Lúcia que você quebrou, e além disso deu uns tapas nela só porque brigaram? E ainda por cima encostou ela na parede e disse que se ela fosse contar pra tia Magali você batia mais? Todos os dias?

– É, e você foi correndo bater com a língua nos dentes, né?

– É sim.

Riram os dois.

– Eu era bem linguaruda, não? Mas nem naquele dia tia Magali perdeu a calma. Falou com você, deu outra boneca bonita pra Lúcia e foi com você pedir desculpas pra mãe dela. Lembra?

Júlio lembra sim, e também de outros casos, noutras ocasiões, suas molecagens de menino levado, sem maldades. Os pais sempre ajudando, corrigindo, sim, mas com muito amor. Legais!

– É, a velha é legal.

– Também teu pai é. Tio Leone é muito calmo, você às vezes não é boa pinta não, por isso ele banca o bravo. Te conheço, né?

Dão risada. Nem sabem de qual jardim vem perfume de rosas.

– É, mas vou endireitar, já tou ficando velho, você tem razão, tá na hora de criar juízo. Depois, pensando bem, eu sou o homem, o mais velho, e preciso dar exemplo pras meninas.

– Sabe, Júlio, você volta e meia está pensando em fugir, sua transa é sempre a mesma – precisa pôr isso de lado.

– Sei disso, você falou e eu entendi: um bom lutador nunca foge porque o adversário é mais forte. Ele luta até vencer – mas nunca cede. Vou enfrentar a situação.

– Depois você me conta, tá?

– Sim, irmãzinha, acenda uma vela pro teu santo forte.

– Vou é dar uma rezadinha, Deus sempre ajuda, né? Não foi ele quem disse que o Bom Pastor larga todas as ovelhas e vai atrás da desgarrada?

– Bacana, ele disse mesmo?

– Disse sim.

– Poxa, eu que achava estar no inferno, feito um capetinha. Pois, olha, o que você falou valeu por um sermão. Tou com confiança, poxa, que Deus camarada!

Dão uma volta pelas ruas ensolaradas, conversam mais sobre a infância, falam do futuro próximo, do que pretendem ser, o que vão estudar.

Márcia se esforça para dar alegria ao amigo e ao despedir-se nota que no rosto querido há mais paz, mais tranquilidade.

– Dá lembranças pra tia Magali, tá?, e pras meninas. Mamãe disse pra você aparecer e almoçar.

– É verdade, faz tempo que não vou comer a marmita na sua casa. Amanhã, depois da aula, você me espera, tá? Diga pra tua velha fazer aquele risoto de frango. Até sinto água na boca.

– Fazer dobrado, né?

– Isso, vou curtindo a fome até amanhã.

– Tchau, Júlio, até amanhã.

Até chegar em casa, Júlio perdeu um pouco da coragem. Perto de Márcia tudo parecia mais fácil, "vou contar, abro o coração, aguento a bronca"... Mas longe... Como seria a reação da mãe? E a tal bronca, como seria? Tempestade? Bem que merecia, sentia isso, mas estava com medo.

Entra em casa, procura a mãe, sobe e desce escadas, abre portas.

– Mãe, onde você está?

– Ela foi ao médico, não está.

– Médico? Por quê? Ela tá doente?

– Não sei, não; andou vomitando, não tem comido. Falta de ar.

Poxa, mais essa! Se a mãe tá sofrendo do coração, agora não vai falar. Poxa, a mãe foi ao médico e, se ele contar o que fez, ela vai ficar pior... ter um ataque, como chama mesmo? Aquele, aquele, nem sabe qual, é melhor não falar.

Agora está com medo, é jovem ainda e precisa dela. E ele a errar... ela vai sofrer, poxa, se vai. Mas, se não contar? A Márcia disse que o certo é contar e ele acha também. É preciso contar... "Meu Deus, eu sou o pior da família, você me ajuda, eu acendo uma vela, não, isso não vale, eu prometo ser bom..."

– Júlio já chegou?

– Tou aqui mãe, que alívio! Você já chegou?

– Não está me vendo?

– Chegou bem? Não teve ataque?

– Ataque? Por quê? Andou algum assaltante por aqui?

– Não, mãe, a Raimunda falou que você tá doente, foi ao médico, tem falta de ar.

– Ah!

E ela ri alegremente, nada demais, coisas...

– E você, está melhor?

– Assim, eu...

– Levou um susto? Não se preocupe, não é nada.

– Mãe...

– O que é, Júlio?

– Eu... preciso falar com você.

– Ué, nós não estamos falando? – ela põe o braço no dele.

– Quero contar uma coisa.

– Conte, filho. Quer tomar um refresco? O dia está tão quente, que tarde linda, não?

– É. Você vai ao meu quarto?

– Já vou, é só preparar um refresco, vim com tanta sede...

Magali prepara o refresco, enquanto pensa. Dá tempo para passar certa gagueira que notou na voz do filho, ele sempre ficava assim ligeiramente gago quando se sentia inseguro.

Vai ao quarto com os copos de refresco.

– Bem, filhinho, podemos conversar.

Júlio não sabe como começar, é difícil, muito difícil. De repente, sente tanta insegurança, tanta tristeza, parece que ninguém gosta dele, o mundo lhe parece estranho, hostil. Nem vontade sente mais de competir, de nadar, de tirar a moto, a tal, então está com uma raiva danada dela, se pudesse fugir, mas... Márcia falou bem que o problema está mesmo com a gente, se a gente vai pra lua, Marte, China, o diabo, sabe lá, tá com ele, dentro dele, aquele medo, aquela vergonha de ter falsificado o cheque. Por que fez isso? Se insistisse, talvez a mãe tivesse dado o dinheiro, mas andava mesmo deprê, sem vontade de nada, o Lauro, aquele desgraçado, dando em cima, levando ele, poxa, aquele falsário ordinário.

Quando deu conta de si, do que se passava, Júlio notou que na sua raiva, no seu sentimento de culpa, explodira contra o colega, confessando alto seu erro. A mãe ouvia em silêncio.

– Foi assim, mãe, eu não queria, mas o Lauro ficou em cima, martelando, eu fraco como tava, com medo perdi a competição, azar meu, tá aí, mãe, um patife, um...

E desanda a chorar...

Mas chora no ombro da mãe, que também chora. Há quanto tempo não via seu menino chorar. Ele, na realidade, apesar daquele físico de campeão, é ainda menino. Ele chora, está magro, amarelo, abatido. Como deve ter sofrido! Pobre querido! Também a culpa em parte é deles, do pai que anda nervoso, intolerante, exigindo muito, alegando que o filho já é homem... sem ver nele o adolescente ainda a procurar o caminho. E ela compreendendo que seu marido veio de outra geração, criado numa família de costumes rígidos, cheio de um rigor exagerado, e também sabendo do cansaço que o excesso de trabalho, a vida agitada de São Paulo trazem, ela se põe mais de seu lado. Isso ela foi, muito companheira do marido – está certo –, mas devia ter olhado mais os problemas do filho adolescente. A juventude atual necessita tanto de diálogo, pensa... Ela desperta mais depressa para a vida. O cinema, a televisão, as turmas, quanta coisa ensina nossos meninos... ou desensina...

– Meu filho...

– Sabe, mãe, o pai parece não gostar mais de mim, é só bronca por qualquer coisa, porque tiro nota baixa, porque estou sujo, porque peço dinheiro fora da mesada. A moto, sabe, ela gasta! É só bronca! Quando eu era criança, levava menos, e com as meninas é só queridinha, traz fivelas pra elas, balas, disse que andava sem dinheiro e deu bicicleta nova pras duas. Eu até pareço enjeitado, tá? Nunca mais a gente foi ao futebol juntos, ele vai de numerada com os amigos, a turma não tem dinheiro e vai de geral. Aquele último dia até fiquei pensando que era um milagre, aquele dia do jogo Santos × Palmeiras. Eu conheço muito pai que só vai de geral, o pai da Márcia vai, quando a gente era mais pobre, mãe, ele ia, né?

Os soluços se acalmam. A mãe passa-lhe um lenço no qual ele se assoa, ruidosamente. Funga, tem o nariz vermelho, está gaguejando. Bebe o refresco aos goles.

Dona Magali compreende toda a problemática do filho, que atravessa uma crise de adolescência, é isso, e sente ciúmes das irmãs menores, que recebem mais carinho do pai, que por vê-lo tão alto, forte, já o julga um homem e deixou de lado suas atenções, exigindo mais dele, sem se lembrar de que ontem mesmo, há tão pouco tempo, apagava velinhas no seu aniversário e cantava parabéns.

Vai falar com o marido, conversar muito, trocar ideias a respeito. Como é que a gente pode viver assim, ao lado do filho, amando-o tanto, e não ter noção exata do que acontece com ele, do que ele sente, sofre, pensa?

Os pais vivem muito presos aos seus compromissos – a mãe cuidando da casa, às vezes lá fora também, junto ao marido, lutando pelo dinheiro, quanto mais melhor, é assim. Desse modo, estamos vivendo neste mundo cuja principal necessidade e finalidade, pensa Magali, é consumir. Ter, comprar... Uma tarde luminosa, linda como a de hoje, passa, escapa por entre os homens que nem chegam a pressenti-la.

– Filhinho, quanto tempo faz que nós não choramos juntos, não é? A última vez foi quando você quebrou a perna, lembra-se? Eu chorava vendo você sofrer e você chorava porque eu chorava. Agora foi diferente, você chorou porque sofre e eu chorei porque... ah! eu chorei porque sofro vendo você chorar. Mas chega de choradeira, não é? Não posso ficar muito comovida porque...

– Você está sofrendo do coração? E eu fui assustar você...

– Que é isso, filho? Você está com mania de doença do coração...

– É que todos os velhos morrem do coração, li isso numa revista.

– Você não prestou atenção, nem todos, e depois isso não é gentil para mim. Velhos, você disse velhos, eu tenho somente 38 anos! Não sou tão velha assim, não é?

Júlio olha a mãe, ela é bacana mesmo, está um pouco mais gorda, só um pouquinho. Que doença ela tem? A Raimunda disse que ela anda vomitando.

– Que você tem, mãe?

– Olha, vou contar em primeira mão para você, sabe, você é nosso filho mais velho, está ficando adulto. Eu acabo de fazer um exame, deu positivo, vamos ter um novo bebê!

– Poxa, mãe! – e não sabe dizer mais nada.

Poxa, um irmão, quem sabe se agora é um menino pra ele ensinar a jogar futebol, quem sabe tanta coisa...

– Júlio, ainda não vou contar às meninas porque elas ficarão elétricas nestes nove meses de espera. São muito crianças e me deixarão tonta de tanto falar sobre o bebê. Contamos quando eu estiver no sexto, sétimo mês, tá? Só para você e seu pai, assim é melhor.

– Pode deixar, mãe, eu cuido de tudo, você não precisa se incomodar com isso, não deixo as meninas amolarem você, você descansa, né? Quer um chá? Mando a Raimunda fazer.

– Obrigada, meu filho, eu me sinto bem, mas é sempre gostoso para as mães receberem carinho dos filhos.

– Mãe, você ficou muito chateada?

– Júlio, eu teria ficado mais, muito mais, se você não tivesse me contado. Se eu tivesse descoberto por mim mesma. Você errou, reconheceu seu erro, veio e me contou. Sabe que não deve fazer mais. Chegou a essa conclusão por si mesmo.

– Só eu, não, mãe, falei pro Jopa que eu andava deprê e pra Márcia contei tudo. Eles é que me fizeram ver que precisava contar pra você esse negócio todo. Eu tava deprê mesmo!

– Mas essa tristeza era por quê?

– Porque eu fiz essa transa errada, né, e não sabia como sair dela e não aguentava mais.

– Então quer dizer que você estava achando errado, não aceitava honestamente o que fez e teve a coragem de contar tudo. Sabe, meu filho, que você deu um passo de gigante no seu novo caminho?

– Qual, mãe?

– No caminho de sua vida de adulto. Eu acho que você não vai mais errar assim, filho, e tenho muita confiança. Confiança total, eu acredito em você como homem.

– Que bacana, mãe, estou tão contente. E o pai?

– Ele vai compreender, confie nele como ele confia em você.

– Mãe, você é bacana! Escuta, mãe, você não vai ficar doente, perder nosso nenê porque eu... fiz você chorar? Prometo daqui por diante ser melhor, quero dar bom exemplo aos menores, porque eu sou o mais velho, não é mesmo? Logo abaixo do pai, sou eu, pra cuidar das crianças, não é? Mas acontece, mamãe, que eu não quero, mas quando fico nervoso grito, falo estúpido, sei lá.

– Não se impressione, isso passa, com o tempo você adquire maior domínio sobre você mesmo.

– Você acha?

– Mas, certo, o cavalinho indomável, com o passar dos anos, chegando a mocidade, ele se torna mais dócil. Você vai crescer, filho, amar, ter sua mulher, seus filhos. Tudo isso educa a gente e é bom.

– Hum, e se eu tiver um filho parecido comigo, hein, velha?

– Que bom, vou me divertir vendo seus apuros para educá-lo.

– Você me ajuda?

– Deus me livre, problema seu, não é?

E dão risada. A nuvem preta passou, reina céu azul.

– Amanhã vou treinar.

– Que bom, você está mesmo precisando de um pouco de sol.

– Mãe...

– O que é?

– Eu ajudo a criar o menino. Deixa por minha conta.

– Combinado. Agora vou descansar um pouco.

Lá fora, a tarde continua.

18

CONVITE

O elenco teatral do 9º ano C tem o prazer de convidar os professores de Português e colegas para a *avant-première* da peça

O ROBÔ SEM CORAÇÃO

Diretora e autora .... Marina
Orientador .... João Paulo

Elenco

Robozinha Mimosa .... Mariela
Robô Sem Coração .... Cris
Patroa.................................. Tami
Coadjuvantes........................ Martha, Gabriela, Gisele, Renato, Denise, Patrícia, Danilo, Júlio, Cecília, Ana Cláudia, Marcelo, Camila, Ione, Miua

Enfim, era natural que chegasse o dia, a hora, a vez da representação. Estavam bem ensaiados, tinham se preparado com responsabilidade. Houve muita cooperação, entusiasmo, deu muita briga, fofocas, desentendimentos, mas tudo isso são coisas que acontecem quando um grupo trabalha com inteira liberdade de ação.

Marina é a diretora, mas cada figurante, desde as estrelas até Marco, o varredor da sala – exigência do diretor do Ginásio, que decretara com imposição, ditador mesmo, a sala varrida, di-a-ria-men-te –, todos davam seus palpites e queriam ser ouvidos.

Discussão grossa, temperamental, de certos figurantes, menos Mariela e Cris, que voavam sempre num céu azul, sorriso nos lábios e uma competência real mesmo nas cenas finais. Que artistas, pô! O Cris, hein, quem ia descobrir isso nele? Quem?

Finalmente, chegou a manhã linda, cheia de sol, com as palmas do coqueiro, velho coqueiro plantado logo à entrada do ginásio, agitadas pela brisa.

– Poxa, céu azulão!

– Que azul! Parece azul de cartão, azul mesmo!

Nos corações, agora, de um certo modo, reina nervosismo, medo, isso é muito natural numa *avant-première*, explica Marina. "Artistas até têm muitas vezes psiquiatras acompanhando a companhia, vocês sabiam?" Ninguém sabia não, porque essa era a primeira vez que pisavam num palco!

Coadjuvantes entrando e saindo, às pressas, detrás da cortina, meninos curiosos a espiar pela porta entreaberta. O título da peça causou sensação; esperavam qualquer coisa assim como "Amor sem limites" ou "A colega irresistível" ou talvez um bem trágico "Meu marido morreu sufocado pela poluição", esse último, boato lançado por Júlio e sua turma.

"Quem ri por último dá até gargalhada", foi a resposta de Gisele quando foram lhe contar o boato. "Deixa pra lá, é pura dor de cotovelo, se é."

Podiam ter imaginado vários assuntos, mas nunca uma peça com esse título – *O Robô Sem Coração* –, bacana mesmo, sensacional, muito na crista, vai ver que acabam indo para a televisão como Marina pensa e sonha.

Houve dispensa do 9º C da aula de Inglês, que seria logo depois da de Português. Contavam assim com duas horas livres e ninguém segurava os alunos, estavam mesmo parecendo formigas quando descobrem minhoca morta.

– Deve estar na hora, vamos para o salão – diz a professora Nívea. – Vocês vão para o salão sem perturbar muito, é uma experiência que estamos realizando e, se der certo, poderemos continuar com o grupo, depende muito da cooperação de vocês. Entusiasmo, sim, mas não baderna, entendido?

Não precisava tanta recomendação não, porque na sala somente estavam uns dez alunos, os demais já se achavam sentados nas primeiras cadeiras do salão, prontos para aplaudir ou vaiar, caso gostassem ou não.

– Aqui, professor, aqui perto tem lugar pro senhor, eu sou o repórter, senta perto de mim, a gente troca impressões.

– A Expres... desculpa, dona Nívea aqui, assim a senhora ajuda a gente a criticar. Minha crítica vai sair no mural desta semana.

– Mais silêncio, mais ordem, vocês estão exagerando. Eu pedi um pouco de cooperação, não foi?

– Começa ou não começa essa joça?

– Que é isso, cara, você nem respeita dona Nívea?

– Desculpa, professora.

– Venha cá, Carlos, senta perto de mim.

– Você, sai da frente, não é de vidro, é?

– Sou sim, delicadinho.

Risadas, começa novamente o excesso.

– Senta, senta, já deu o sinal.

Marina seguia ao pé da letra os regulamentos de um bom espetáculo. Três sinais foram dados, o pano levantou e apareceu o cenário.

ATO 1

Um *oh* prolongado, acompanhado de tantos *poxa* e *pô*, até provocou risos. Mas era bonito mesmo, artístico, merecia ir para a Bienal, bacana, o fino! O telão representava um jardim onde floresciam as mais coloridas e exóticas flores, borboletas esvoaçantes e crianças brincando.

Os alunos menores, vestidos de criancinhas, brincavam com bonecas, puxando carrinhos, jogavam bolas.

"Jardim da Criança", assim estava escrito num cartaz. Depois, para surpresa geral, entra Cris, vestido de robô jardineiro, com um grande avental azul, pá, ancinho, enxada, até carrinho de ferro cheio de folhagens eles arranjaram.

Enquanto as crianças brincavam, cantavam cantigas de roda, ele trabalhava no jardim. Sempre sério, sem atender às perguntas das crianças, nervoso quando a bola caía perto dele.

Apareceu a artista principal, a estrela, Mariela, a Robozinha Mimosa, e era mimosa mesmo com seu sorriso sempre meio tímido, vestindo um uniforme de babá e empurrando um carrinho de criança.

– Muito interessante, muito bem bolado – comenta o professor Cardoso para o repórter a seu lado.

– Ótimo mesmo, veja só Mariela vestida de robô com essa armadura prateada, benfeita por sinal, e no entanto ela tem um ar mimoso mesmo, delicado.

– Nívea, repare o Cris, ele dá a impressão de força, de máquina. Veja os movimentos e os traços dele, que ótima direção, que ótimo ator.

– Cardosinho, professor Cardoso, a Robozinha não está com jeito mesmo de quem tem coração? E ele, não.

No palco, desenrola-se a cena – a Robozinha Mimosa empurra o carrinho, senta num banco, pega no colo a boneca vestida de bebê, embala e canta uma cantiga de ninar. Olha para o Robô Sem Coração, procura conversar com ele, se interessa pelas flores, pela rosa vermelha, linda, que está no canteiro.

Ele, nem te ligo, nem dá bola...

Seria difícil para Cris mostrar indiferença para com a querida, seu único amor, Mariela. Mas eles tinham feito um trato.

– Mari, sou o Robô Sem Coração, mas não quero nem na peça ficar sem estar gamado por você. Não posso, é demais para mim, fazer aquela cara de besta quando vejo você tão bacaninha, querendo um plá comigo. Vamos fazer um trato, tá?

– Sim, qual a transa?

– Assim, quando você fala comigo, e eu não respondo, faz de conta que eu sou mudo, tá? E dentro de mim estou dizendo assim, sem parar: Mariela, minha Robozinha Mimosa, tou gamado por você. Você promete pensar assim? Senão sou capaz de estragar a peça...

– Penso sim, meu Robô Sem Coração, pra mim vai ser fácil, porque tanto na vida real como na peça eu gosto de você, e sei que você tem coração.

– Diga, jura, é verdade? Você gosta de mim? Somente de mim?

– Preciso jurar? Você não sabe que eu gosto só de você?

– Sabe de uma coisa? A gente vai se casar.

– Que é isso? A gente tem 14 anos!

– Não faz mal, minha bisavó casou com 13.

– É, naquele tempo de Pedro Álvares Cabral.

– Pô, que azar, a gente podia estar naquele tempo. Então você jura que vai gostar de mim até o século XXII?

– Por que século XXII?

– Bacana, né, eu li que no século XXII a humanidade vai estar tão avançada na técnica que a gente nem pode imaginar. Então, nós dois, eu e você, vamos morar na lua, tá?

– Legal!

E, como foi combinado, embora o Robô não tivesse coração, ela sabia que Cris estava pensando nela com amor.

Finalmente acabou o primeiro ato, a tela foi mudada, esse trabalho foi fácil, porque eles usaram a técnica de biombo, que era só virar e aparecia outro cenário. Todo o mundo correu para o lado dos professores, querendo saber as diversas opiniões, trocar suas impressões.

– O senhor está gostando?

– Bacana, não?

– Como eles representam bem, parecem artistas de televisão.

– Pô, nunca tinha ido a um teatro e estou gostando.

– Sabe, eu também. Prefiro esportes, mas este está bem divertido.

Logo deu o sinal da entrada do segundo ato, porque contavam com pouco tempo.

ATO II

O outro lado do grande biombo mostrava o interior de uma sala, arranjo de Marco. Gisele, patroa, está linda de morrer, sentada numa cadeira, lendo.

A música é moderna, alegre, o ambiente é bem atual. Entra a Robozinha, que começa a tirar o pó dos móveis imaginários, depois fica de pé, defronte da patroa. De repente, chora. Esconde o rosto nas mãos e chora muito, muito mesmo.

A patroa deixa de ler, fica preocupada, pergunta o que ela tem, se não está contente em trabalhar lá, se não é feliz, etc.

– Você é tão boazinha, Mimosa, não quero ver você chorar. Conta pra mim o que magoa seu coraçãozinho de robô, conta? Desabafa no meu peito amigo a sua dor. Sou mulher, sei compreender.

– Sabe, patroa, an, an... – e nem podia falar por causa dos soluços.

– Espera aí, vou buscar um pouco de água com açúcar pra você ficar calma, tá?

Traz o copo, ela bebe, os soluços diminuem.

– Obrigada, patroa, se Robô tivesse mãe, a senhora seria a minha. Por que, dona Gisele, puseram um coração no meu peito? Robô não precisa de coração, agora, agora, ih, tou gamada pelo Robô Sem Coração, o jardineiro do Jardim das Crianças. Quando levo o bebê pra passear, eu vejo ele, tão bacana, um gato... e ele nem te ligo pra mim, nem sabe que existo, an, an, ...

A patroa sentou, pensou, pensou, até que um sorriso iluminou seu rosto.

– Mas, meu bem, como você quer que ele goste de você se não tem coração? Quando nós encomendamos você, pedimos que colocassem no seu peito um coração para você amar o bebê, sabe, querida? Você é tão amorosa, sensível. Por isso você pode amar, ele é que não pode.

– An, an, que triste sorte a minha estar gamada por um robô sem coração, somente máquina, an, an... Vou pedir ao homem que me fez pra tirar meu coração e jogar fora, não quero mais ele, só faz a gente sofrer.

A muito custo, com muita paciência, foi que a patroa conseguiu consolar Mimosa. Prometeu que no dia seguinte ia dar um jeito, era preciso pensar bem a noite inteira.

– Quando seu patrão voltar do serviço, batemos um papo a respeito do assunto e prometo, meu bem, que vamos achar uma solução. Ele é homem e vai me ajudar, ele entende bem de como você deve fazer para o robô ficar gostando de você.

– A senhora promete?

– Prometo, gosto de você como filha, não quero que sofra. Tenha paciência, para resolver um assunto assim difícil preciso do auxílio de meu marido. Você espera com calma, meu bem?

– Espero, dona Gisele, a senhora é tão boa!

No intervalo a turma aproveitou para tomar um lanche, quem levou repartiu com quem não levou, refrigerantes, sanduíches, ofereceram dropes aos professores. Comentavam como será o final... que jeito a patroa vai dar...

ATO III

Cenário: a praça da República.

Exclamações, palmas, exaltação da plateia ao levantar o pano. *Hippies*, pintores, música, movimentação. Os coadjuvantes na deles, cada um com roupa mais estranha, saíram todos os guardados de avós, leques, plumas, piteiras, roupas africanas, baianas, xales antigos, bandolins, plantas.

A patroa Gisele, vestida bem moderninha, andando de um lado para outro, procura alguma coisa. Vai e vem, examina, volta, torna a examinar, até que, com exclamações e gestos exagerados, encontra o que procura. Compra, paga e sai com caixinha pendurada num dedo, toda dengosa.

A música, num tom bem elevado, *hippies* dançando. A plateia não se contém, começa a desordem, professor Cardoso pede silêncio.

ATO IV

O jardim. As crianças. O Robô trabalhando. O mesmo cenário do primeiro ato.

No intervalo, comentaram a respeito da compra da patroa, lá estava o "xis" do mistério. O que seria? O senhor sabe, professor Cardoso?

– Não, nem imagino.

– E a senhora, dona Nívea?

– Vamos ter paciência e esperar. Logo saberemos, façam silêncio, já começou.

A patroa entra com a caixinha no braço, se rebolando toda, e ante o silêncio da plateia abre e tira de dentro dela uma grossa corrente prateada com um grande coração vermelho e, enquanto o Robô está inclinado trabalhando, coloca no pescoço dele.

A plateia aplaude, o entusiasmo é grande, os professores dão risada. Que bacana, formidável, poxa, que criatividade, né, professor?

Gisele sai rapidamente da cena, entra a Robozinha, empurrando o carrinho.

O Robô está assustado, preocupado, olha-se, examina bem os braços, as pernas, de repente dá com o coração. Estranha, põe no ouvido.

Então a Robozinha chega perto dele e dá corda no coração com uma chave de relógio. Depois olha para ele com todo o amor que pode ter uma Robozinha.

Ele olha para ela, há troca de olhares, do corpo do Robô, do seu peito, saem faíscas. Depois o diretor artístico, o Jopa, contou que foi difícil acertar as pilhas. Deu trabalho mesmo!

Então as faíscas saem do peito do Robô Que Agora Tem Coração... A plateia delira, está pronta para explodir, mas se contém. Espera pelo final.

Quando as faíscas saem, ele se inclina, apanha uma rosa, uma linda rosa vermelha, que pelo tamanho exagerado mais parece um repolho, e oferece à Robozinha. Este final foi arranjo pelo Cris. "Eu acho que fica bacana mesmo oferecer uma rosa, a rosa não é símbolo do amor? Pô, se é." Então ele mesmo arranjou aquela rosa de papel, grande como uma couve-flor.

O salão quase vem abaixo, a plateia aplaude de pé, trepando nas cadeiras, ninguém ouve ninguém, nem mesmo os professores, que pedem moderação no entusiasmo.

Os artistas são chamados à ccna tantas vczcs, quc finalmente resolvem descer para a plateia e ouvir os comentários, participar e sobretudo receber os cumprimentos.

— Parabéns.

— Oi, gente. Pra cima, tá?

Abraços, beijos, nota dez, cem, mil!

— Deixa o professor falar, o que o senhor achou? E dona Nívea?

— Parabéns, tudo ótimo, Marina, enredo, direção, figurantes, técnica, som. E os artistas, então, nem se fala!

— O senhor gostou mesmo? E a senhora?

— Ótimo, tudo ótimo, vocês estão mesmo de parabéns. Vão ter sucesso, até quero pedir para que o grupo depois vá representar noutra escola onde também dou aula de Português. Marina, parabéns!

Contentes, felizes com o resultado, os integrantes do grupo ouvem os comentários e recebem os cumprimentos.

19

– Miua, corra!

– Por quê?

– A Expressinho já passou.

– Já?

– Ela não descuida do tempo. Tempo é dinheiro...

– Eu acho que ela noutra encarnação foi relojoeiro.

– Que é isso? Você é espírita?

– Não, mas às vezes penso que a Expressinho deve ter sido relógio ou relojoeiro, sei lá.

– Tá na hora, gente, hoje vem uma escritora aqui.

– Ué, fazer o quê?

– Você está desligado, Marco, depois quer passar.

– Gaby, você fez o cartaz?

– Já está no salão.

– Vamos, a escritora está na sala dos professores tomando café com a Expressinho e o professor Cardoso.

– A reunião não é na classe?

– Não, é para os 9ºs anos, no salão.

– Todas?

– Sim.

– Que confusão!

O barulho é de ensurdecer, ninguém ouve ninguém, a professora de Geografia, tão magrinha que seu apelido é Espetinho, procura com voz fina e esganiçada impor silêncio.

Mas foi somente com a entrada da escritora, cujo livro eles estudaram, que se tornou possível o silêncio.

Haviam lido, os vários 9ºs anos, um livro sobre os problemas do Nordeste, seca, subdesenvolvimento, analfabetismo, que foi estudado e analisado nas aulas de Português e Geografia.

Prepararam cartazes, perguntas e estavam prontos e ansiosos para receber a autora. Grande novidade essa.

Professora Nívea foi a coordenadora e agora ela estava na salinha, tomando café e trocando ideias com a escritora, enquanto a professora de Geografia, dona Vera, apesar de sua boa vontade, nada conseguia com a meninada, sempre disposta a fazer algazarra.

– Silêncio, por favor, quero apresentar nossa convidada, escritora, autora do livro que vocês analisaram, *Justino, o retirante*.

Palmas.

– Para facilitar vamos estabelecer uma certa ordem e vocês levantem a mão quando quiserem fazer perguntas ou saber alguma coisa.

Um olha para o outro, são cento e quarenta adolescentes ali reunidos, um pouquinho de pólvora pronta a pegar fogo! O que será que aquela escritora sabe? Do que ela vai falar? Encher a paciência, mas é bom variar, melhor ali no salão que na classe, hoje era dia de prova, assim quem não estudou ainda tem tempo de estudar para a outra semana.

– Vamos, vocês leram o livro, fizeram tantas perguntas na classe. E agora?

– Eles estão acanhados.

– Mas sempre são assanhados!

– Questão de letras – diz a escritora.

Os alunos dão risada, começa a algazarra.

– Bem, quem não quiser participar, pode sair – diz a professora. – A porta ainda está aberta, depois será fechada e aí eu espero que façam silêncio.

Mas estavam mesmo interessados em ouvir a escritora, é sempre uma novidade, somente que ela parecia ser mais velha do que os tangos.

– Quem quer fazer uma pergunta?

– O que a senhora acha da juventude atual? – pergunta um aluno do 9º C.

– Bacana, com vontade de acertar, procurando o caminho, às vezes exageram, é natural, têm o entusiasmo da juventude. Falo naturalmente desta mocidade sadia que quer participar, construir, e não destruir ou se omitir. Porque a omissão é se negar, e não participar é não construir.

– Mas a senhora não acha que, se a gente não desmanchar aquilo que os outros fazem, não faz mal que a gente não participe? Eu acho que não destruir já é bom.

– Suponhamos dois times de futebol – O Palmeiras contra o Santos, quando Pelé pertencia ao clube. Suponhamos o Pelé de braços cruzados, não atuando, o que vocês pensariam disso? Na construção do mundo, só há lugar para dois times, um que procura levar avante a bola, chutar certo, vencer; o outro, o adversário, também atrás da bola. A mocidade atual deve não perder a bola, não ceder ao partido contrário. É preciso ter espírito de competição, saber defender o que é melhor, o que é bom e certo. Não fica bem, não combina com o espírito jovem cruzar os braços.

– A senhora falou do Pelé não jogar, ficar no campo sem jogar, mas eu acho, não sei se estou certo, é melhor não chutar se vai errar, porque mesmo o Pelé errou algumas vezes.

– Sai daí, corintiano.

– O Pelé é rei.

Alunos dão risada, já começava a algazarra, a própria escritora ria.

– Bem, vamos continuar o nosso papo. Você acha então que é preciso acertar sempre? Você é exigente, não?

– Ele é sempre o primeiro da classe – grita um lá do auditório.

– Parabéns, mas... às vezes é bom errar. É errando que se aprende. Mesmo o rei Pelé nem sempre acertou no gol, e nem por isso ele deixou de ser rei, e nem por isso ele perdeu o entusiasmo. Pelo contrário, quando ele errou procurou com maior ânimo acertar na outra jogada. Isso é importante – não se afundar, não abandonar a luta, não se entregar.

– Posso falar?

– Com todo o prazer.

– Já que estamos falando do Pelé, ele quando erra é o Pelé, mas a gente...

– E então? O Pelé sempre foi rei? Nasceu rei? Ou se fez? Dia a dia, nos treinos, no campo, ele educou o corpo, educou a bola com que ia jogar. Mais ainda, isso é importante, ele se educou para trabalhar em equipe. Ele joga no meio de companheiros, de quem recebe a bola e para quem passa, não é assim?

– Poxa, a senhora entende de futebol!

Mais risadas.

– É preciso saber jogar em uma equipe para vivermos bem e, prestem atenção, isso é importante, não atrapalharmos a vida de ninguém! Eu quero jogar bem, fazer meu gol, mas não estou só no time. É todo um time que ganha ou perde a partida. Ninguém está só, nenhum homem é uma ilha, isso todo mundo sabe, porque já foi muito falado e escrito. O importante é que somos elos da corrente humana e recebendo de um lado, damos de outro.

A turma escuta, atenta. De quando em vez há um comentário baixinho no ouvido do vizinho. O assunto é interessante.

Júlio, junto com sua classe, ouve a palestra. Palavra que está valendo a pena, parece até que a escritora adivinhou o que ele precisa ouvir.

Num canto, as inseparáveis, Gaby, Miua, Martha, Tami, agora Mariela nem tanto e Márcia também não, porque elas, pobrezinhas, estão apaixonadas! Tão limitadas agora, enjoadas e sem graça! Imagine só! Jopa daqui, de lá, porque o Cris... mas o Cris...

Vocês pra cá – e nós pra lá... tra-lá-tra-lá-lá.

E, em parte, tinham razão as comadres faladeiras, porque lá estavam os quatro juntos, Mariela e Cris, Márcia e Jopa, com um jeito assim de quem navega nas nuvens, em direção à lua!

O bate-papo com a escritora durou hora e meia e, que bom!, ficaram com vinte minutos livres para um lanche no barzinho, daqueles bem demorados, o que não acontecia há muito!

Antes de deixarem o salão, uma das meninas, em nome da turma, ofereceu flores à escritora e agradeceu.

Depois, lá fora, os comentários.

– Você foi na onda dela?

– E por que não? Eu estou de acordo com o que ela disse, achei bacana.

– Você acredita mesmo que todos os homens nascem iguais, que todos somos irmãos? Papo-furado!

– Ô cara, você não entendeu bem o assunto.

– É, ele devia estar dormindo, ela explicou tão bem, eu gostei muito da ideia.

– Qual?

– Não disse? Ele dormia, é nisso que dá ficar vendo televisão até tarde.

– Explica logo... – E para Cecília o garoto diz:

– Oi, Cecília, eu quero uma guaraná.

– Eu, uma Coca.

– Bem, explica logo, senão essa besta de sinal despenca a berrar como minha irmãzinha de noite.

– Ué, você tem uma irmãzinha?

– Tenho sim, um bebê chorão, mas uma graça.

– Bem, é isso que dá sono. Você é babá, desculpa.

– Ela falou que nenhum homem é uma ilha, que estamos unidos, que somos irmãos, elos da mesma corrente. Ela falou bonito. A gente recebe e deve dar. Ah! já sei, mora no assunto, queima a cuca. Ela naturalmente disse: "Vocês precisam pensar, raciocinar, tirar suas conclusões".

– Isso quer dizer fundir a cuca.

– E depois?

– Depois, é que nem o bicho-papão. Depois de pensar bem, transmitir. É preciso participar para que o mundo fique melhor.

– Poxa, que importância, não? Um mundo melhor às nossas custas!

– Parece uma daquelas que minha avó fazia! Quem adivinhar ganha um doce.

– Mas esta é difícil, né?

– Pois, cara, não ouvi nada disso, nadinha. Dei uma cochilada. Minha irmãzinha deu uma de cantora, acordou todo mundo em casa esta noite.

– E daí?

– Ô cara, você não acha bonito isso? Se todo mundo entendesse esse negócio – todos somos irmãos –, não haveria mais guerras, ninguém tinha inveja de ninguém, todo mundo seria feliz, pois há felicidade bastante para todos os homens.

– Isso dá pra fundir a cuca de qualquer um, ainda mais a minha que já anda estragada pelo sono. Tou precisando entrar num desses... como se chama mesmo?, convento, onde não pode haver barulho, e dormir três dias e três noites sem parar.

– O assunto é bacana, interessante. Vocês não acham que na escola era preciso que a gente tivesse mais aulas assim? Meu pai outro dia disse – ele é diretor de escola – que nós precisamos muito aprender a viver, que viver é natural, a gente aprende vivendo, mas que nós deveríamos ter mais informações sobre outros assuntos, daí a gente ia viver melhor.

– Que outros assuntos?

– Não é História nem Geografia, não, ele falava, assim, de relação humana.

– Que matéria é essa? Dá em que ano?

– Em nenhum. É um papo igual ao da escritora. Eu gosto, prestei atenção no que ela disse.

– Ô gente, relação humana, olhem só o exemplo ali, Mari e Cris, os dois tão sempre bem alegrinhos, o Sérgio e a Fúlvia.

– Ah, se eu também estivesse gamado, imagine se não ia ter boa relação humana com a tal!

– Mas há uma coisa, eles participam. Estão sempre juntos mas também estão com a turma.

– Lá, no salão, estavam só os quatro.

– Bom, às vezes, né, é preciso solidão, pra isso os astronautas descobrem a lua. Eu ouvi dizer que lá vão pôr um hotel, só pra lua de mel, até que dava dinheiro.

– Lá estava bom pra você, Marco, lá você podia dormir em paz.

– Vocês, que acharam do papo da escritora?

– Eu gostei muito.

– E você, Júlio?

– Sabe, meu pai noutro dia falou mais ou menos assim. Tou na dela, já tinha pensado nesse assunto.

– Todos os homens são irmãos e há felicidade bastante para todos.

– Em minha casa tem uma folhinha que ainda tá dependurada na copa. É do ano passado, mas deixei lá porque todos os dias tem um papo engraçado, gosto de ler. Vale a pena.

– É horóscopo?

– Não, é um papo assim a respeito do amor.

– Ensina como cantar as meninas?

– Não, isso não precisa ensinar, a gente nasce sabendo. O negócio é outro – é o amor da humanidade. Eu li num dia desta semana, na quarta-feira, uma coisa que me fez pensar.

– Deu trabalho para a cuca?

– Deu sim.

– Deixa ele contar. O que você leu?

– Dizia que todos os homens são filhos de Deus, irmãos entre si, por isso todos nós queremos ser compreendidos. Ser amado e compreendido. E quem não tem, quem perdeu essas duas coisas, é infeliz, vive só, isolado. Só há um remédio quando isso acontece.

– Lá dava a receita do tal remédio?

– Sim, isso é que fundiu a minha cabeça. Dizia que quem vive isolado, só, fechado em si mesmo, é porque se esquece de dar. Não é dar dinheiro, é se dar – dar a gente mesma! Amar. Mas amar fazendo alguma coisa.

– Legal, é isso que ela falou, a escritora. A gente deve lutar pela paz, pelo amor! Você me dá o nome da sua folhinha? Vou comprar uma.

– Pô, pelo que vejo, todo mundo agora vai na onda do amor!

Berrémmm...

– Um dia ainda corto o fio dessa pestinha.

– Amor, gente, amor!

– Você me dá o nome da folhinha, tá?

– Dou sim.

– Depressa, não quero perder a chamada.

Lá fora ficou o sol, alguns papéis jogados pelo chão.

A servente passou reclamando. Será que não veem a cesta, será?

A aula começou.

20

– Pai...

Júlio bate na porta do escritório onde o pai costumava ficar trabalhando algumas horas depois que a mulher e os filhos iam se deitar.

Há alguns dias que Júlio ensaia como falar com o pai. Pensou em procurá-lo no escritório da cidade, mas depois não achou boa essa ideia. Lá ele sempre estava ocupado com clientes. Depois de algumas escolhas, resolveu esperar a mãe e as irmãs irem dormir e falar a sós com ele, no seu escritório, em casa.

Desde que se firmou nessa decisão, tudo pareceu melhor, sentiu-se mais aliviado, menos tenso. Era questão de oportunidade, nada mais. Sentia-se mais livre, menos angustiado, com a certeza de que ia vencer sua fraqueza, procurar corrigir seu erro. Ainda mais tendo a firme convicção de que não vai repetir a dose, uma só experiência bastava e até fora demais. Estava farto de tudo aquilo.

– Pai.

Dr. Leone ouve o chamado, sabe que o filho anda procurando uma ocasião para conversar com ele. Provocara, propositadamente, a ida ao Pacaembu, mas, como os amigos haviam participado daquela noitada gostosa, perdeu a oportunidade de dialogarem. Agora, ouvia no silêncio da casa a voz do filho a chamá-lo, num tom quase infantil. Como se esquecera de que o filho, seu menino, ainda podia se sentir criança em algumas ocasiões, precisar de seu carinho, seu apoio? Isso mesmo, de seu apoio em momentos difíceis. E, por questão de excesso de trabalho, de esgotamento, de vida agitada, tantas exigências, tantas, dentro da rotina diária, ele negligenciara essa parte. Ausentara-se do filho, vendo-o também na sua roda-viva de estudos, esportes, amizades. Mas, a mulher, Magali, lhe abrira os olhos, numa conversa franca, e, se Deus ajudasse, ainda era tempo para estar ao lado do filho. Quer estar do seu lado!

– Entra, filho, a porta esta somente encostada. Entra, que prazer!

– Não venho atrapalhar?

– Que é isso, filho? Visita de amigo então atrapalha? Estava mesmo cansado, ia parar, você chegou na hora de me fazer companhia no cafezinho. A bacana da minha mulher, sua mãe – que sorte, hein, rapaz, eu ter sabido escolher? –, deixou café fresco na garrafa térmica.

– Eu sirvo, pai.

– Deixa pra lá, você é minha visita, eu sirvo.

Júlio sorri, sente-se mais à vontade. Tomam o café, há bolachas. Já são onze horas.

– Pai...

– Que é filho, algum problema? – e bate-lhe nas costas, amigavelmente.

– É, eu quero contar pra você uma coisa errada que andei fazendo. Fiz, mas não vou fazer mais. Isso, garanto. Estou muito triste com o que fiz.

– Ótimo, deixou de ser erro, já que você tomou consciência do caso, passou a ser um desvio do caminho, do seu verdadeiro caminho, daquele que você conhece e sabe qual é.

– É, pai, mas eu desviei muito, quase caí... Sabe, eu caí num buraco.

– Isso acontece, mas já saiu dele. Agora é se esforçar para não cair outra vez. Somente isso e disso você é capaz porque veio, espontaneamente, me procurar. Quem tem a possibilidade de, como você, tão jovem ainda, 15 anos, julgar seus atos, reconhecer que errou e confessar sua falha, meu filho, é porque tem uma personalidade reta, decidida, honesta.

– Mas eu fui desonesto.

– Praticou um ato desonesto, não sei ainda o que você fez, um ato que você julga desonesto e condena. Então, sua rota é outra, você andou pelo desvio e vai retornar ao caminho certo.

– Você, sabendo o que fiz, vai me chamar de...

– De meu filho, sempre. Se quiser, conte o que fez, podemos analisar melhor a situação. Sempre dois amigos, com os mesmos princípios, podem se auxiliar na solução de algum problema sério. Ou no julgamento do mesmo.

Júlio treme, prende os braços da poltrona com força, firma os pés no chão, agora sim... tem que vencer, é a sua maior competição. Tem que sair vencedor, somente assim poderá encarar a vida com franqueza.

E conta ao pai, gaguejando, prendendo os soluços, o que fez, o cheque, o que sentiu, a deprê, o arrependimento que sente agora, a raiva, o seu propósito firme de não cair noutra.

Dr. Leone ouve o filho sem interrompê-lo. Quanta honestidade, decisão, coragem no seu rapaz. Já escolheu e traçou sua meta, será um homem honrado! Está orgulhoso e feliz.

– Pai...

– Isso é tudo?

– Sim, pai.

– Júlio, enquanto você me contava seu problema e dele me fazia participar, sabe o que senti a seu respeito? Orgulho. Sim, estou orgulhoso de ser seu pai. Sinceramente.

Júlio olha o pai, surpreso. Onde a bronca, onde as palavras duras e bem merecidas?

– Aprenda, meu filho, que errar é humano, isso desde sempre, desde que o homem existe. Nós, meu filho, muitas vezes formamos uma opinião falsa a nosso respeito e quando cometemos um erro já nos qualificamos de errados, tiramos logo conclusões. Sou errado, fiz isto, aquilo, falhei, sou um indivíduo sem princípios. E esse julgamento, em lugar de nos ajudar, somente serve para nos deprimir, pôr-nos nesse estado que vocês, os jovens, chamam, com tanta justeza, de deprê! O importante é nós nos conhecermos o mais exatamente possível, sem falsas imagens – eu posso, eu faço, eu aconteço. Não, não assim! Preciso exatamente conhecer minhas forças, esforçando-me para alargar seus limites, exigindo de mim sempre mais, um pouco mais de cada vez. Se errarmos hoje, amanhã trataremos de não errar – o mais importante é lutar honestamente para não errar. Você procedeu assim, depois do que fez. Analisou e por você mesmo chegou à conclusão de que não é perfeito, que tem falhas, que se desviou por momentos da reta. Quero avisá-lo, como amigo, pois já vivi os mesmos problemas e os conheço bem: a estrada a percorrer é longa, muitas vezes difícil, pensamos em desistir. Mas você tem confiança em você mesmo, é honesto e saberá vencer os obstáculos. Porque a vida, meu filho, é isso mesmo como já disse o poeta:

A vida é luta renhida
viver é lutar
que aos bravos, aos fortes
só pode exaltar.

– Mas não pense que essa luta somente traz tristezas, dias negros, absolutamente não – a alegria do amor recompensa todos os sofrimentos. O amor faz o homem feliz – o amor por si mesmo, por uma mulher, pela família, pela humanidade –, o esforço consciente para a construção de um mundo melhor, tudo isso, meu filho, compensa essa luta. Quero que você saiba de uma coisa, admiro sua atitude e me sinto feliz em ter cooperado com sua educação. Dê cá um abraço e esqueça. O caminho a seguir você mesmo escolheu, veio aqui para me comunicar, me participar sua opção. Se precisar de mim, como já disse, um amigo mais velho que andou por vários caminhos, é só me procurar.

– Pai, mas você não acha errado o que fiz?

– Erro bem grave, amigo. Não torne a cair noutra, evite as ocasiões, os falsos amigos, procure conhecer a si mesmo, suas possibilidades, seus pontos negativos. Evite medir forças com você mesmo! Nem sempre a gente é bom adversário, sabe? Minha velha avó tinha juízos bem formados sobre certos assuntos, ela sempre dizia "menino, fuja da careta do capeta", cada vez que a arte que fazíamos excedia um pouco, ultrapassava os limites.

Esse conselho é bom, vale a pena guardá-lo para certas ocasiões, Júlio pensa. Sim, o pai tem razão, não é bom lutador aquele que chega perto do abismo, somente para medir suas forças. Nos treinos ele aprendeu que todo bom esportista respeita o perigo – e o Lauro é um perigo. Longe dele, pois, e de tantas outras ocasiões, relaxamento no cumprimento dos deveres, estudos.

– Pai, eu pensei que você fosse bronquear, sabe, tava com medo.

– E assim mesmo enfrentou o furacão? Honesto, filho, corajoso, estou gostando de ver. Somente quero dizer uma coisa, meu filho, evite errar assim, fuja mesmo das ocasiões, seu caminho é outro.

– Prometo, pai.

– E você pode contar comigo, sempre.

– Eu sei, agora sei, perdi o medo e adquiri algo bem melhor: o respeito. Nesses dias pensei muito, não dava pra pensar bem porque eu tava mesmo descontente, a pior coisa do mundo é a gente não estar na nossa, mas, assim que pude enxergar, vim. Essa história da gente, quero dizer, de nós, jovens, acharmos que o papo dos pais, dos velhos, é sempre errado, um fracasso, não dá pé, não. Há muita coisa certa no que vocês ensinam, o negócio é que quase sempre vem seguido de bronca. Se a gente pudesse papear assim, como fizemos esta noite, sem logo você vir me dizendo que sou adolescente em desequilíbrio, que você precisa me mostrar o certo, é errado pensar por mim... Assim a gente sente mais segurança, não se afunda tanto! Você disse que está errado o que fiz, bem errado, mas não me xingou! Não disse que sou um fracassado, um desajustado, um... um ladrão.

Dr. Leone ouve em silêncio, é preciso aprender – é preciso sempre aprender. O homem que se basta, achando que atingiu seus limites, apodrece! Mesmo da conversa com o filho adolescente há algo que deve ser armazenado e assim, no dia a dia, evitar novos erros.

Júlio continua:

– Eu pensei também, papai, que logo a gente vai ter um bebê em casa, talvez menino, não é? E que ele vai precisar de mim. Não desfazendo do senhor, que é bacana mesmo, sabe, mas ele vai ter confiança em mim, seu irmão mais velho.

– Isso mesmo, já havia pensado nesse assunto. Atualmente as mudanças são tão rápidas, você poderá acompanhar melhor os problemas da educação, da formação dele, porque quando ele for moço, eu já estarei com cinquenta e tantos anos, será bom ter você para orientá-lo.

– Bacana, pai, e aí quem vai estar às ordens sou eu.

– Então, prepare-se, porque vou usar e abusar dessa oferta!

– O papo está bom, mas vou dormir, hoje vou dormir bem. O que o pai disse é bacana mesmo. Muito obrigado mesmo. Não precisa ter medo, não caio noutra, não. Vou fugir da careta do capeta.

– Faz muito bem. Você vai competir nos jogos?

– Sim, fui escolhido pelo colégio, vai ser bacana pacas, a gincana.

– Ótimo, não quero perder uma.

– Então vou dar seu nome para inspetor, posso?

– Sim, com prazer.

– Mas o da mamãe não, é melhor ela não se cansar, você sabe, ela já não é muito moça e está grávida.

– Olha, filho, não fale isso para ela que vem bronca, e daquelas feias. Diga somente para ela não se cansar, apesar de ser tão jovem! Você precisa aprender a lidar com as mulheres, elas gostam de cuidados mas não querem ser cuidadas por causa da velhice.

Dão risada.

– Boa noite, pai! – E Júlio faz uma coisa que desde o começo do ano não fazia mais: beija seu pai.

Dr. Leone fica só, na sala, ouve os passos do filho em direção ao quarto. Ele também vai se deitar, mas antes para um momento na frente de um retrato que está em cima de sua mesa de trabalho. É um retrato tirado faz dois anos, somente. Júlio entre as meninas. Júlio com um ar ainda tão infantil, tão menino, com seus probleminhas de ciúme das irmãs, de independência, de perna quebrada, de implicância com as empregadas.

Agora, aquele adolescente angustiado que o procurou essa noite, buscando orientação, confiante no seu amor, apesar de sentir medo provocado pelo seu gênio, de pai um tanto nervoso. Mas, graças a Deus, ele soubera compreender e estava feliz por ter certeza de que a semente que lançara no coração do filho ali ia brotar, crescer e dar frutos.

A semente da honestidade para consigo mesmo e para com a vida.

ENTRE LINHAS COTIDIANO

O 9º ano C

Odette de Barros Mott

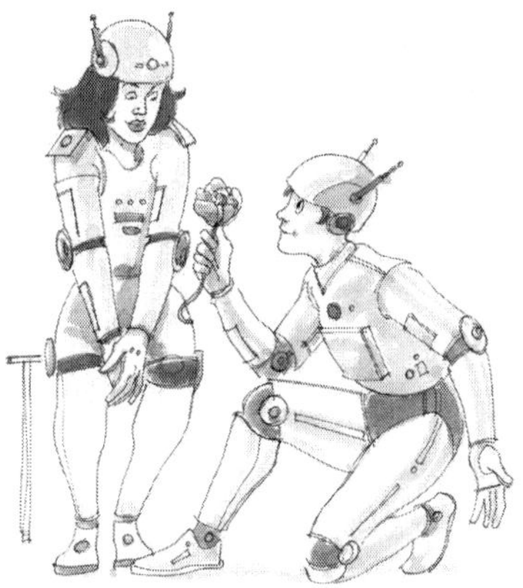

Suplemento de leitura

Júlio e Gabriela vivem uma crise de consciência por terem mentido a seus pais. Márcia e João Paulo são os mais maduros da turma: têm personalidade, não se deixam intimidar pelas críticas ao seu jeito de ser e acabam fazendo papel de conselheiros quando os amigos têm problemas. Enquanto isso, Mariela... vive a emoção da primeira paixão. Todos têm algo em comum: são adolescentes e estudam no 9º ano C. Durante a leitura, acompanhamos suas descobertas, suas alegrias, seus questionamentos. Vamos relembrá-los?

Por dentro do texto

Enredo

1. Há alguns temas que aparecem no texto e que nos levam à reflexão. Localize-os na narrativa, dando exemplos de situações ou personagens que estejam envolvidas em questões relativas a eles:

a) Conflito entre gerações: ______________________

b) A importância do diálogo: ______________________

c) Drogas entre adolescentes: ______________________

2. Qual o motivo da crise vivida pela personagem Júlio?

____

3. Em certo momento, dr. Leone, pai de Júlio, tenta se reaproximar do filho. Como ele faz isso?

____

4. Gabriela se arrependeu de ter revelado seu erro à mãe, dona Rail? Por quê?

5. Mariela, que iria protagonizar a peça teatral dos alunos, começa a receber cartas anônimas. O que continham as cartas? Quem as remetia?

6. Nesta obra há apenas um conflito em questão? Justifique.

Personagens

7. A grande maioria das personagens do livro *O 9º ano C* – Júlio, João Paulo, Gabriela, Martha, Miua, Tami, Mariela, entre outras – possui uma situação financeira privilegiada. Baseados em que podemos afirmar isso?

8. Há uma personagem que não se inclui na mesma classe social dos colegas. Quem é ela?

9. Qual personagem melhor personifica a rebeldia e as crises da adolescência?

10. Como Lauro era visto pela maioria da turma? Em que ele contribuiu para a crise de Júlio?

Espaço e tempo

11. Observando os elementos fornecidos pelo texto, você conclui que as personagens do livro vivem nos dias atuais ou são de uma época passada? Justifique.

12. No texto, os adolescentes comentam muitas vezes que seus pais são "quadrados".

a) Você sabe o significado dessa palavra? Procure-a no dicionário.

b) Na sua opinião, quais são as características de uma pessoa "quadrada"? Você se considera uma? Justifique sua resposta.

c) Na sua opinião, os pais das personagens do livro *O 9º ano C* são, de fato, "quadrados"? E as personagens jovens?

d) Você acha que o que era considerado "quadrado" na época do livro também seria considerado "quadrado", hoje? O que mudou? O que não mudou?

13. A história do livro se passa na cidade de São Paulo. Que elementos do texto comprovam isso?

Linguagem

14. Márcia e João Paulo, o Jopa, eram respeitados porque se dizia que eles não "entravam na onda" do resto da turma. O que significa isso?

15. Nesta obra, as personagens são em sua maioria adolescentes e utilizam algumas gírias e expressões que atualmente não estão mais em uso. Apresentamos abaixo alguns exemplos; dê o significado de cada um deles.

- levar um plá:
- prafrentex:
- "O Guarujá estava o fino!" (p. 3):

Produção de textos

16. Imagine que você seja a personagem Júlio. Escreva uma narrativa em primeira pessoa, como se fosse uma página de um diário, contando como foi o dia em que resolveu contar ao seu pai sobre o roubo da folha de cheque e a falsificação da assinatura da mãe.

17. Redija uma carta, como se você fosse a personagem Márcia, endereçada a Jopa. O texto deve deixar transparecer que há muita afinidade entre os dois e, além disso, uma atração mútua. Sem esquecer os elementos que compõem uma carta, conte como Márcia revelaria seus sentimentos ao amigo.

18. Faça uma entrevista com seus pais, anotando as diferenças entre a época em que eram adolescentes e os dias atuais. Vocês podem trocar ideias sobre gírias, comportamentos, roupas, músicas, diversão, escola, etc. Em seguida, escreva uma dissertação, analisando os pontos positivos e negativos das mudanças que observou.

Atividades complementares

(Sugestões para Vídeo e História)

19. O filme *Vem dançar comigo (Strictly Ballroom)*, de Baz Luhrmann (Austrália, 1992), é uma ótima pedida para quem quer assistir a uma obra que fala sobre conflito de gerações, primeiro amor: narra a trajetória de um jovem dançarino que

sonha em ganhar um concurso de dança. Porém, às vésperas da competição ele briga com sua parceira e é obrigado a desistir de seu sonho. No entanto, o acaso dá uma força ao rapaz e ele conhece Fran, uma espécie de patinho feio que se revela dentro e fora das pistas de dança...

20. Na década de 1970, o Brasil vivia sob uma ditadura militar, que introduziu muitas mudanças na vida cotidiana. Por exemplo, houve alterações nas matérias que eram estudadas na escola e, no ensino fundamental, acrescentou-se Educação Moral e Cívica. Faça uma pesquisa, pergunte a seus familiares ou outras pessoas mais velhas e descubra o que se ensinava nessa disciplina, qual a sua finalidade, as razões pelas quais foi introduzida e depois extinta, etc. Em seguida, debatam em classe o que vocês levantaram.

Atual Editora

A autora

Odette de Barros Mott nasceu em Igarapava (SP), em 1913, e mudou-se ainda menina para a cidade de São Paulo. Desde criança, influenciada pelo pai, amante da literatura, interessou-se pelos livros. Já na infância começou a inventar histórias e a contá-las para os familiares. Formou-se professora e, casando-se, passou a se dedicar à família. Foi como contadora de histórias para seus oito filhos que sua vocação de escritora se revelou e amadureceu. Em 1949, publicou seu primeiro livro infantil, e, a partir daí, passou a produzir continuamente livros para crianças e jovens. Seus leitores foram seus maiores propagandistas.

As aventuras infantis inventadas têm como personagens crianças, bichos, plantas ou seres maravilhosos, que vivem situações divertidas, geralmente relacionadas a um mistério ou perigo que despertam o interesse do leitor. Há sempre uma mensagem que valoriza o companheirismo, a generosidade, a imaginação, a fantasia e, principalmente, a alegria de viver. Entretanto, nas visitas que a autora fazia aos colégios, os alunos lhe perguntavam o que pensava do amor, das drogas, do relacionamento familiar e, principalmente, se era verdade o que ela escrevia. Foi assim que, na década de 1970, ela se propôs a criar obras que dessem margem a discussões, que ajudassem a derrubar as barreiras que separam jovens e adultos, que provocassem o diálogo, que abrissem novos horizontes, a fim de que seus leitores começassem a observar com espírito mais crítico e profundo o mundo à sua volta. A extensa obra literária de Odette de Barros Mott revela uma fusão de humanismo, ludismo e civismo, que busca não só denunciar os desequilíbrios da sociedade em que vivemos, mas também ser uma espécie de lenitivo ao sofrimento das pessoas. No decorrer de sua trajetória literária, a autora foi atraída para quatro áreas principais de interesse: a do mundo rural, a do mundo urbano, a do mundo da aventura e a do mundo da História.

Em *O 9º ano C*, breve romance urbano, são questionados temas até então considerados tabus em literatura para adolescentes: drogas, choque entre gerações, conflitos sociais. Por meio de uma linguagem ágil, praticamente estruturada em diálogos que dão grande dinamismo ao discurso narrativo, o mundo escolar retratado nesta obra reflete, em flagrantes do cotidiano, os principais problemas enfrentados pela juventude de hoje e de sempre: as frustrações, as radicalidades, a agressividade, a insegurança, as vaidades, a necessidade de aceitação e amor.

Ao longo de sua carreira de cinquenta e cinco anos dedicados ao fazer literário, a autora publicou, aproximadamente, setenta títulos, cujas tiragens alcançaram milhões de exemplares e lhe valeram vários prêmios, tais como Prêmio Monteiro Lobato (Academia Brasileira de Letras), Menção Honrosa do Prêmio Internacional Hans Christian Andersen (International Board of Books for Young People), Prêmio de Literatura Infantojuvenil (Fundação Educacional do Distrito Federal), três Menções Honrosas do Departamento de Cultura do Município de São Paulo, Menção Honrosa do Prêmio Narizinho (Conselho Estadual de Cultura de São Paulo), Prêmio Correio Paulistano, entre outros. Participou de várias antologias. Tem livros traduzidos em espanhol e lituano.

Odette de Barros Mott faleceu em 1998, aos 85 anos. Com mais este relançamento, a Atual Editora pretende reiterar a importância dessa consagrada autora de livros infantojuvenis.

(Adaptado de: Nelly Novaes Coelho. *Dicionário crítico da literatura infantil e juvenil brasileira*: séculos XIX e XX. 4. ed. São Paulo: Edusp, 1995.)